Alister Ramírez Márquez

MI VESTIDO VERDE ESMERALDA

prólogo

Clara E. Ronderos
Mary G. Berg

STOCKCERO

Ramírez Márquez, Alister

    Mi vestido verde esmeralda / con prólogo de: Mary Berg y Clara E. Ronderos

    - 1a ed. - Buenos Aires : Stock Cero, 2006.

    176 p. ; 22x15 cm.

    ISBN 987-1136-60-9

    1. Narrativa Colombiana. I. Berg, Mary, prolog. II. Clara E., Clara E., prolog. III.
Título

    CDD Co863

1º edición: 2006
Stockcero
ISBN-10: 987-1136-60-9
ISBN-13: 978-987-1136-60-5
Libro de Edición Argentina.

Hecho el depósito que prevé la ley 11.723.
Printed in the United States of America.

stockcero.com
Viamonte 1592 C1055ABD
Buenos Aires Argentina
54 11 4372 9322
stockcero@stockcero.com

Alister Ramírez Márquez

MI VESTIDO VERDE ESMERALDA

Alister Ramírez Márquez
Novelista, periodista y docente de literatura hispanoamericana nacido en Colombia en 1965, en la ciudad de Armenia, capital del departamento del Quindío, donde transcurre gran parte de la acción de *Mi vestido verde esmeralda*.
Su niñez y adolescencia transcurrió en el Quindío, interesándose desde joven en el periodismo. Como el mismo lo describe: "crecí en esa región, mi familia era cafetera y estuve muy de cerca a todo ese mundo oral".
Ha vivido en Bogotá, y desde 1989 en Nueva York, colaborando con varias revistas y periódicos.
Una serie de sus entrevistas se publicó en 1996, Reportaje a 11 escritores norteamericanos, que incluye a John Updike, Harold Bloom, Norman Mailer, y Joyce Carol Oates entre otros.
En el año 2000 se publicó un relato infantil suyo, *¿Quién se robó los colores?* basado en un mito indígena precolombino, y en 2005 se publicó el estudio *Andrés Bello: crítico*, tema de su tesis doctoral para la City University of New York en 2004.
Mi vestido verde esmeralda es su primera novela.
Publicada por Ediciones Ala de Mosca en Bogotá en 2003, en 2005 fue reconocida por el "Premio Internacional de Literatura del Círculo de Críticos de Arte de Chile".

Dedicado a Alicia, Richard y Alistair,
y a todas las mujeres luchadoras del mundo.

Índice

PRÓLOGO

Mi vestido verde esmeralda de Alister Ramírez Márquez relata las
experiencias de una mujer colombiana en su viaje vital a lo largo del
siglo veinte. El tema del viaje es una constante de la literatura a través
de los siglos, sea el viaje exterior por nuevas geografías, o el viaje interior en busca de autoconocimiento, sabiduría, o reconciliación. El
viaje puede durar siglos como en las leyendas del Judío Errante, décadas como en la *Odisea* de Homero, o un solo día, como en el *Ulises* de
James Joyce. El viaje puede ser motivado por idealismo, como en *Don
Quijote* de Miguel de Cervantes, por deseo de encontrar algo, que puede
ser material, como el anillo de *The Lord of the Rings* de J.R.R.Tolkien,
o moral –búsqueda de la verdad– como es el caso de *Pedro Páramo* de
Juan Rulfo, *Los pasos perdidos* de Alejo Carpentier, o *Conversación en
la Catedral* de Mario Vargas Llosa. El viaje también puede ser inspirado
por la guerra o el destierro, el deseo de escapar, el anhelo de un futuro
mejor, o por puro deseo de aventura; con frecuencia el viaje es motivado
por una mezcla de estas inquietudes. En todos estos casos el viaje es una
metáfora de la vida; todo ser humano viaja en el tiempo, anheloso de
encontrar lo que le define como individuo, lo que da coherencia y significado a sus experiencias y a su vida, y por extensión, a su familia y a
su nación. El adoptar esta bien conocida estructura literaria del viaje,

facilita toda conexión y resonancia con el acumulado poder metafórico del tema, que puede ser solemne, espiritual o religioso (peregrinajes a Mecca, las cruzadas, incluso la caminata entre las estaciones de la cruz en una iglesia católica), rito de autodescubrimiento ("Diarios de motocicleta") o paródico o burlesco (desde las novelas picarescas hasta películas recientes, todo el género de comedias de viaje "road trip" como "Guantanamera" o "Eurotrip").

La literatura hispanoamericana contiene una inmensa riqueza de relatos migratorios, escritos a partir del siglo dieciséis por españoles ya establecidos en América pero nostálgicos por la España –la cultura, la familia, la comida, los animales y plantas conocidos– que habían dejado. En las naciones independientes del siglo diecinueve ya surgían los relatos de viaje que comparaban las dos culturas, y los relatos de exilio llenos de nostalgia y deseo de volver. En los siglos veinte y veintiuno, con todas las olas sucesivas de exilio político y económico, los relatos de personas trasladadas a otra cultura han proliferado. El hogar o la nación ya abandonados se retratan con cariño y detalle minucioso, los recuerdos se convierten en íconos preciosos y se saborean con lentitud grata, transformándose en mitos que van alejándose más y más en el tiempo. *Mi vestido verde esmeralda* pertenece a este grupo de sagas de viajes migratorios que narran cómo el viajero deja lo familiar y lo conocido y se establece en nuevos lugares, o "nuevas tierras" como las llama la novela. En su texto se recrea una Colombia de nostalgia, de sueños, de recuerdos que se han convertido en la historia de Clara, la protagonista. No sorprende que *Cien años de soledad* fuera escrito por un colombiano (Gabriel García Márquez) ya establecido en México. No sorprende tampoco que el viaje mítico por la cordillera andina que inicia *Mi vestido verde esmeralda* fuera escrito por un colombiano que vive ahora en Nueva York.

EL AUTOR

Alister Ramírez Márquez nació en 1965 en la ciudad de Armenia, capital del departamento del Quindío en Colombia, donde transcurre gran parte de la acción de *Mi vestido verde esmeralda*. Ramírez Márquez pasó su niñez y adolescencia en el Quindío, interesándose desde joven en el periodismo. Como él mismo lo describe: "crecí en esa región, mi familia era cafetera y estuve muy de cerca a todo ese mundo oral". Su relación con la historia que se narra en esta novela se nutre entonces de su experiencia pero también en su formación como estudioso de la literatura e investigador: "Escuché muchas historias que se quedaron grabadas para siempre en mi memoria, y luego cuando hice la investigación para la novela conversé con muchas personas de la región".

Ramírez Márquez ha vivido en Bogotá y desde 1989 en Nueva York, colaborando con varias revistas y periódicos. Una serie de sus entrevistas se publicó en 1996, *Reportaje a 11 escritores norteamericanos*, que incluye a John Updike, Harold Bloom, Norman Mailer, y Joyce Carol Oates entre otros. En el año 2000 se publicó un relato infantil suyo, *¿Quién se robó los colores?* basado en un mito indígena precolombino, y en 2005 se publicó el estudio *Andrés Bello: crítico*, tema de su tesis doctoral para la City University of New York en 2004. *Mi vestido verde esmeralda* es su primera novela, publicada por Ediciones Ala de Mosca en Bogotá en 2003. En 2005 fue reconocida con el "Premio Internacional de Literatura del Círculo de Críticos de Arte de Chile". Actualmente, Ramírez Márquez enseña en el sistema universitario de la ciudad de Nueva York.

EL VIAJE DE CLARA Y LA LITERATURA COLOMBIANA

La narrativa del viaje y su minuciosa descripción de la fauna y la flora que Clara y Jesús encuentran durante el trayecto, hacen de *Mi vestido verde esmeralda* un ejemplo interesante de otro elemento relacionado al tema de los viajes y que es recurrente en la tradición literaria colombiana. La novela romántica, *María,* de Jorge Isaacs de 1867 y la novela de la selva, *La Vorágine* (1924) de José Eustasio Rivera, obras fundacionales de la narrativa colombiana, son ejemplos sobresalientes de relatos de viaje y descubrimiento del paisaje colombiano. Un aspecto definitivo en la construcción que hace Ramírez del paisaje, la fauna y la flora colombianas, y que lo distancia de sus predecesores, es que en la voz de Clara, su narradora, estos espacios no son exóticos o extraños

sino que forman parte de una cotidianidad suya, de los arrieros, guaqueros y colonos que recorren estos territorios buscando su supervivencia. Esta relación vital con el paisaje está lejos de los textos canó-
nicos antes mencionados, en los que el protagonista, un intelectual de
la clase alta, mira a su alrededor buscando símbolos de algo que no
forma parte de esta naturaleza que se describe. También, como se dijo
anteriormente, las crónicas de viaje de los primeros que atravesaron
estas cordilleras desde la colonia muestran escenas similares a la
primera parte de este viaje, hasta llegar a Salento. En el caso de las crónicas, sin embargo, encontramos de nuevo a un viajero que no pertenece al medio y que mira con ojos de etnógrafo una realidad descu-
bierta a medida que avanza. Veamos un ejemplo de las memorias de
Boussingault escritas en 1848:

> Desde este sitio la vista descansa sobre un horizonte de verdura, donde
> se levanta la gigantesca palmera de cera (ceroxilon) en grupos numerosos
> parecidos a blancas columnas; a lo lejos estas columnas paralelas hacen
> el efecto de mástiles de buques anclados en una rada. El descenso del
> alto fue tan penoso como la subida; huecos llenos de barro líquido y una
> lluvia incesante. Vimos aparecer entre ese barrizal a un negro que
> acababa de ser juzgado en Buga e iba con las manos esposadas, llevando
> sobre la cabeza una provisión de plátano y así avanzaba dando tumbos
> a cada paso, apenas sostenido por dos "cabos de justicia". Este negro
> había cometido un asesinato, sin embargo tenía un aspecto tan infeliz,
> que sentí mucho no poder darle una limosna, pues yo estaba necesaria-
> mente desprovisto de dinero, ya que no tenía sino mi ropa embarrada.
> ¡Quién iba a pensar que encontraría una miseria para aliviar en las
> soledades del Quindío! [1]

Al igual que Clara, este personaje observa un paisaje sobrecogedor
en que transitan seres solitarios con destinos diversos. La protagonista
de *Mi vestido verde esmeralda* nos cuenta también de la primera vez que
vio un negro cuando cumplió diez y ocho años. "Lo había visto venir
caminando, medio desnudo y no sé si estaba sucio… El hombre pasó
junto a mi yegua con la cabeza agachada e ignoró mi presencia. Era
como si estuviera en un paisaje que no era el suyo o por el contrario
era como si nosotros hubiéramos invadido su territorio más íntimo"
(33). La diferencia es que este paisaje le pertenece a la protagonista y
está integrado a sus recuerdos y su visión de mundo. "A medida que

---

1   Boussingault, Juan Bautista José Diosdado "*Las memorias de un naturalista y cienti-
     fico que cedio a la tentacion de ser observador y critico social*". Publicación digital en
     la página web de la Biblioteca Luis Ángel Arango del Banco de la República.
     http://www.lablaa.org/blaavirtual/letra-v/viajes/indice.htm Búsqueda realizada el 25
     de octubre de 2006.

Rosario fue creciendo los recuerdos de su madre comenzaron a borrarse como las palmas de cera que se perdían en la bruma de las montañas" (73). Las palmas de cera del etnógrafo son aquí una parte in-
tegral del imaginario regional.

Llama la atención en esta novela que el fenómeno de la migración
es mirado desde el punto de vista del colono. Aquí la voz narrativa en
primera persona reconstruye un itinerario de viaje que atraviesa la cordillera central desde el sureste antioqueño hasta las tierras sin explorar
del ahora llamado departamento del Quindío. La población de Angelópolis, Antioquia se presenta como el punto de partida de esta
aventura textual y migratoria que nos hace partícipes de la experiencia
del colono de la región cafetera de Colombia desde comienzos del siglo
XX. Los noventa años de vida de Clara, la protagonista, y los diez años
que debe esperar el receptor de estas memorias para difundirlas, co-
rresponden a cien años de colonización y desarrollo de la región que
se ha convertido en zona cafetera y turística de gran importancia en el
país.

El viaje de Clara tiene un carácter dinámico y de supervivencia. Su
trajinar no le da tiempo para introspecciones o análisis. En una voz que
se reconoce como oral por el uso frecuente de refranes y la rápida
ilación de eventos en un continuo sucederse, esta mujer nos cuenta mi-
serias, paisajes, trabajos y logros. Pocas veces en la novela se da el lujo
la mujer viajera de mirarse a sí misma:

> Muchas veces me preguntaba si terminaría sepultada en una tumba de
> piedra como los otros porque el viaje no parecía acabar nunca. ...Ya
> quería llegar a un lugar y quedarme, no importaba si era la copa de una
> Ceiba para protegerme de las víboras tiro. Tenía una necesidad impe-
> riosa de quedarme en un sitio y enclavarme en la tierra como una cruz,
> pero no para demostrar que estaba muerta sino llena de vida. (24)

Y más adelante:

> Me hice a la idea de estar siempre en movimiento, ya fuera al lomo de
> una bestia o caminando. Era como si la idea de permanencia fuera sólo
> un sueño y mi deambular, una continua realidad. (29)

Al llegar al final de este viaje, Clara se instala en la finca de su
esposo Jesús quien representa el prototipo del colono paisa: trabajador,

mujeriego, asesino cuando es necesario probar su hombría, y duro e intransigente con sus propios hijos. El viaje de Clara se transforma a partir de este punto en una migración de clase social. Su matrimonio con Jesús y los años que siguen, su dedicación al trabajo como dueña de un restaurante, granjera, ganadera, y cafetera trazan un itinerario de progreso en la escala social y económica que obliga a la familia de Clara a una nueva migración. En últimas, Clara se convierte en una terrateniente exilada en la ciudad por miedo a la violencia. "Para mil novecientos cuarenta y nueve nosotros ya vivíamos en una casa amarilla del barrio Berlín, en Armenia" (81). La ciudad, su nuevo destino, ya no es un paraíso por encontrar sino un refugio ante los peligros que la inestabilidad política de la región presenta para los terratenientes adinerados. Ubicados en "el barrio de moda en Armenia" (85), Clara y su familia inician un nuevo recorrido. Las batallas legales para recuperar la tierra y el dinero que se gasta en ellas son los primeros síntomas de una degradación paulatina. Presenciamos a partir de este momento, un deterioro de la familia de Clara. Sus hijos, a diferencia de la madre, viajan a estudiar y en lugar de esto se convierten en diletantes desorientados que dilapidan el dinero que se les envía. Su viaje es más un autodescubrimiento que una colonización. Como dice Clara en otro de sus raros momentos de reflexión:

> A mi no me deslumbraban los monumentos de Buenos Aires ni las hazañas de Evita Perón. Esa ciudad austral sería para mi hijo su mayor descubrimiento porque empezaría a colonizar su propia alma. El no tendría que cazar o tumbar monte, como lo hicimos su padre y yo, pero estaría en la obligación de enfrentarse a sí mismo en un territorio nuevo. Yo llegué aquí cuando ni siquiera había caminos; mi hijo arribaba a un lugar donde él podía pasear por los bulevares, los cines o los puertos. (114)

RELATO E HISTORIA

Los viajes de Clara, su migración colonizadora y su huida del campo a la ciudad, conectan a la novela de Alister Ramírez a la empresa de ficcionalizar la historia, en este caso, la historia de un grupo específico de hombres y mujeres que durante el siglo XX transformaron una zona casi despoblada en una economía de vital importancia nacional. Temas de la historia nacional irrumpen en la historia de Clara y su familia. Algunos de ellos como la muerte de Jorge Eliécer Gaitán, aparecen como referencias externas que dan una idea de la época en que suceden los acontecimientos, pero que como las invasiones de tierra por parte de grupos apoyados por el partido comunista y las consecuencias violentas de esta "reforma agraria," afectan directamente la vida de la protagonista y por tanto la trama misma de la novela.

La historicidad del texto y su carácter de crónica de eventos "verdaderos" nos son recordados a cada rato por la narradora quien nos da en momentos claves de la novela recordatorios sobre su edad, que al ir con el siglo nos proporciona la fecha, o sobre el año en que suceden los eventos narrados. Clara le recuerda al lector su carácter de testigo de lo que le cuenta. Es frecuente la frase "lo sé porque...". Como narradora no omnisciente Clara justifica sus conocimientos sobre los hechos que no pudo presenciar directamente o que su memoria hubiera podido omitir.

PATRIA GRANDE Y PATRIA CHICA.

Durante sus batallas legales Clara les recuerda a sus interlocutores: "yo también soy ciudadana colombiana" (99) pero a la vez les explica que: "soy una campesina sin tierra, otra expropiada de la montaña" (98). Así la novela incorpora a la nación una realidad regional que necesita ser descrita y reconocida como parte de ésta. En el acontecer histórico del que hemos hablado, Colombia es el marco espacial de la novela. Pero en la cotidianidad de Clara y su gente predomina el mundo de la zona cafetera y sus narrativas. Lenguaje, leyendas, paisajes, economía y dieta son propios de ese microcosmos quindiano al que pertenecen los personajes.

Como novela regional, *Mi vestido verde esmeralda* recoge junto con la historia mitificada del colono, un imaginario visual y referencial que logra reproducir aspectos centrales de la cultura quindiana. Sobresale, por ejemplo, la arepa, una especie de maná que en sus cantidades hiperbólicas les sirve a Clara y su familia para sobrevivir. Su ganado se alimenta gracias a las milagrosas arepas: "Mi tía le pagaba la ruda y la verdolaga que trituraban los cuatro estómagos de la vaca con cien arepas que por supuesto, asábamos nosotras todos los días" (5). Los fríjoles, el chicharrón y otras delicias de la dieta paisa alimentan a arrieros, guaqueros y a todo tipo de viajeros que encuentran en el restaurante de Clara un lugar de reposo. Para Clara misma, estos alimentos surgen de una mágica reproducción de sus propios recursos. Como una nueva Petra Cotes, Clara logra multiplicar sus animales y propiedades con una celeridad asombrosa. "Jesús se apareció con un presente entre las manos: traía colgadas de las patas tres gallinas y un gallo" (56). Luego de hacer un caldo con una de las gallinas, Clara nos dice "a la semana recogía un promedio de cien huevos los cuales utilizaba unos para los pericos de desayuno y el resto, que era la mayoría, los vendía en Barcelona"(56) .

La casa de Jesús a la que llega Clara, nos presenta una descripción detallada de la casa del colono paisa. Los hijos que se multiplican como los bienes pero que a veces se pierden de la misma forma nos remiten a la estructura familiar y sus vicisitudes en la zona cafetera. Así el lector conoce, a través de Clara, la historia de tantos que como ella, llegaron a la región de Salento en el Quindío colombiano en busca de fortuna durante los siglos XIX y XX. *Mi vestido verde esmeralda* encaja en este sentido con la descripción que se hace de otras novelas sobre esta región en *La narrativa del Quindío* de Nodier Botero Jiménez y Yolanda Muñoz: "la novela histórica del Quindío nos sirve como documento colateral o anexo a los textos de historia para ayudar a desentrañar el ser así de la quindianidad" (178). Al resumir su vida, Clara nos recuerda su dieta paisa y la variedad étnica y cultural de su región:

> El tinto en la madrugada, el sancocho con ají y cilantro al mediodía, los fríjoles con garra por la tarde, la mazamorra con panela raspada o migas de arepa en una taza de leche fueron mis manjares favoritos. Les dí de comer y beber a los indios de las montañas, a los negros del valle y la costa, a los campesinos que ocuparon mis tierras, a los huérfanos y a las mujeres abandonadas. (146)

Esta enumeración de ingredientes que han aparecido a lo largo de la obra, se presenta ahora como la dieta de la misma Clara, quien a su vez se ha encargado de proporcionarlos en abundancia a todos los que la rodean. Comida y población se encuentran aquí conectadas como resumen de la alegoría regional. Clara es el Quindío y su tierra en cuyo regazo se han reunido en busca de alimento los más variados grupos de todo el país.

Como parte de ese grupo humano de migrantes y aventureros que simbolizan la ecléctica población quindiana, aparecen tres personajes de origen extranjero. Mister Bremen un personaje de origen judío-alemán que huele mal y lee mucho se hace amigo de Clara y la ilumina en cuestiones intelectuales. Mister Stilman, un americano tan feo como "Fierabrás" es ingeniero de carreteras y se casa con Rosario, la hija menor de Jesús. Y, por último, está el turco Omar Ozmán "el vendedor de telas que pasaba cada tres meses por Los Álamos" (87). Integrados a la vida de los otros residentes de la región, estos personajes añaden complejidad al panorama humano que presenta la novela a la vez conectan región, nación y mundo. El intelectual, el ingeniero y el mercader son portadores de realidades distantes que se incorporan a través de ellos en el mundo quindiano.

La voz narrativa femenina

"Mi disfraz masculino funcionaba en el día pero en las noches, aunque sólo nos pudiéramos ver los rostros a la luz de una vela de sebo, no podía esconder mi naturaleza femenina" (30). Este travestismo del viaje de Clara con su esposo Jesús sirve de espejo al proceso inverso por el cual este narrador femenino no logra nunca ocultar su voz como disfraz de una identidad masculina. Clara es una mujer que piensa como un hombre. Su historia nos entrega la visión masculina de un mundo por conquistar, de una región por colonizar y de hombres cuyas hazañas se miden en el éxito económico y la cantidad de mujeres que se tengan. El prostíbulo, las peleas a muerte, y los viajes constantes, no son parte de la experiencia de la protagonista pero ocupan partes importantes de su narrativa.

La cocina del restaurante y la maternidad, su historia eminentemente femenina por ejemplo, son vistas de una manera distante y práctica. El nacimiento del primer hijo se comenta casi como una interrupción a su negocio. Dice Clara: "Mi mente seguía en el gallinero, en las cocheras, en las caballerizas, pero mi cuerpo estaba extendido y en reposo" (60). Más adelante describe su vida: "Mi vida estaba aquí con mis niños, mis gallinas, mis marranos, mis vacas y mi negocio, el restaurante de Río Verde" (62) y le explica al lector que "el restaurante era como otro hijo, pero me hacía correr más que los míos propios" (63). Cuando muere su hijo Fabio, Clara se siente desesperada: "la expropiación de Bellavista había sido uno de los golpes más duros que había recibido, pero la muerte de otro hijo era insuperable" (107). En estas citas, las enumeraciones y paralelismos enfatizan este desprendimiento en la maternidad la cual, tanto como el negocio, se cifra en una visión de la vida y el progreso como resultados de la acumulación.

En últimas, esta narradora nos entrega un fluir del tiempo que no parece llevar más mensaje que su propio transcurrir. La vida se mide en secuencias de eventos, listas de objetos y el constante ritmo de un quehacer económico. Los cambios de la narradora misma se miden en sus cambios de residencia, de pareja o en el aumento de su capital. En la voz de Clara aparecen todos los demás personajes como imágenes reflejadas en el espejo apresurado de su narrativa que les da la voz brevemente, para dejarnos oír su dialecto o sus tipos discursivos pero sin poder conocer a fondo a la personalidad de quien habla.

La lectura y el carácter autodidacta de Clara son uno de estos eventos que se narran como parte del personaje, pero que en realidad no parecen afectarla como persona. Dentro de una tradición de escritura femenina en la que la mujer protagonista se escribe como letrada, por ejemplo la reciente novela *Historia del rey transparente* (2005) de Rosa Montero, esta novela presenta la anomalía de que la anécdota de estas lecturas no forma parte del perfil psicológico o emotivo de su protagonista. Las novelas en las que dice "sumergirse" no son más que series de títulos que míster Bremen o el señor obispo le facilitan. Clara sigue siendo antes y después de sus lecturas, el mismo personaje oral y práctico, siempre en movimiento con el fin de resolver sus problemas económicos.

A manera de conclusión

El vestido verde esmeralda que Clara se pone para el matrimonio de su hijastra y que queda guardado "en un papel transparente que míster Bremen me había dado para forrar los libros" y con "bolitas de naftalina para las polillas" es el que proporciona el título a la novela. Dice Clara "No volví a usarlo, ni tampoco a ponerme los zapatos nuevecitos. Me tallaban hasta el último juanete" (76). Este vestido es tal vez el símbolo que recoge el progreso material y social de Clara, quien pasa de no tener más que un vestido "de lino y de una sola pieza" que tenía que lavar "casi todos los días" (3), a verse vestida con una vieja chaqueta de la guerra de los mil días que le proporciona la generosa doña Nicasia y que ella misma desbarata y convierte en un traje a su medida (13), para tener luego lo suficiente como para poder olvidar este tesoro, del color esmeralda de la joyas, las montañas y sus sembrados de café en una "talega". El vestido y su color cifran el éxito de Clara quien en su viaje vital a lo largo de un siglo pasa de la pobreza a la opulencia, del abandono al poder y, a través de la estratagema del relato dejado al obispo, pasa también del silencio de la oralidad a la voz que le otorga la escritura.

Como Clara misma lo muestra en su visita a los Álamos al final de su vida, todo lo demás se había deteriorado irremediablemente "sin embargo, lo único que estaba intacto era mi vestido verde esmeralda. Todavía se conservaba envuelto en un papel amarillento" (136). Así como el papel para forrar los libros protegió a este mítico vestido de las inclemencias del tiempo, el comején y la humedad, el título que lo nombra sirve de envoltorio duradero a la historia contenida en él. El deterioro de una sociedad, su violencia, secuestros y el cáncer que la devora no podrán borrar la aventura de aquellos que como Clara le dieron al Quindío su riqueza a lo largo de todo un siglo.

Clara E. Ronderos,
University of Massachusettes Amherst
Mary G. Berg,
Resident Scholar, Women's Studies Research Center,
Brandeis University

Bibliografía:

Botero Jiménez, Nodier y Yolanda Muñoz. *La narrativa del Quindío*. Armenia, Colombia: Editorial Universitaria de Colombia, 2003.

Bushnell, David. *The Making of Modern Colombia: A Nation in Spite of Itself*. Berkeley: University of California Press, 1993. [*Colombia: una nación a pesar de sí misma*. Bogotá: Planeta Colombiana Editorial, 1996.]

Loaiza Piedrahita, Oscar. *Los corredores del tiempo: guía turística por la historia del Quindío*. Armenia, Colombia: Oscar Loaiza Piedrahita, 2004.

Lopera Gutiérrez, Jaime, ed. *Compendio de historia del Quindío*. Armenia, Colombia: Editorial Universitaria de Colombia, 2003.

Marchant, Reinaldo E. "*Mi vestido verde esmeralda* de Alister Ramírez Márquez" Chile: Centro de Estudios Sociales Avance, 19 de agosto, 2005. http://letras.s5.com.istemp.com/rm020905.htm and http://www.centroavance.cl

Ocampo Marín, Hector. *Breve historia de la literatura del Quindío*. Bogotá: Hector Campo Marín, 2001.

Osorio, José Jesús, ed. *Nueva novela colombiana: ocho aproximaciones críticas*. Cali: Sin Frontera Editores, 2004.

Palacio, Marco. *Between Legitimacy and Violence: A History of Colombia 1875-2002*. Durham: Duke University Press, 2006
_____. *El café en Colombia 1850-1970: Una historia económica, social y política*. Bogotá: Planeta Editorial Colombiana, 2002.

Pineda Botero, Alvaro. *Del mito a la posmodernidad: La novela colombiana de finales del siglo XX*. Bogotá: Tercer Mundo Editores, 1990.

_____. *Estudios críticos sobre la novela colombiana 1990-2004*. Medellín: Fondo Editorial Universidad EAFIT, 2005.

Ramírez Márquez, Alister. *Reportaje a 11 escritores norteamericanos*. Bogotá: Planeta Editorial Colombiana, 1996.

_____. *¿Quién se robó los colores?* U.K.: Wayside Publishing, 2000.

_____. *Mi vestido verde esmeralda*. Bogotá: Ediciones Ala de Mosca, 2003.

_____. *Andrés Bello: crítico*. Bogotá: Ediciones Ala de Mosca, 2005.

Rodríguez, Ligia. "*Mi vestido verde esmeralda*". Ensayo inédito.

Safford, Frank y Marco Palacios. *Colombia: Fragmented Land, Divided Society*. New York/Oxford: Oxford University Press, 2002.

Viveros Vigoya, Mara. *De quebradores y cumplidores: sobre hombres, masculinidades y relaciones de género en Colombia*. Bogotá: CES Universidad Nacional de Colombia/ Fundación Ford/ Profamilia Colombia, 2002

Mi vestido verde esmeralda

Primera Parte

Capítulo I

Clara

Nací en mil novecientos. Eso me dijo mi prima Venicia cuando la traje con su marido a estas tierras. Yo le creí.

El cura de Angelópolis me bautizó con los nombres de Ana María Ramona Clarisa, pero mi tía siempre me llamó Clara. Ella nos crió a mi hermana Antonia y a mí porque nuestra madre murió durante mi parto. Mi padre repartió a mis otras cinco hermanas entre los familiares y nunca más supe de ellas, excepto cuando murió mi hermana mayor.

El viejo era minero y sólo lo vi unas cuantas veces en mi vida porque después de la muerte de mi madre no quiso volver a vernos. Él le decía a mi tía que cuando encontrara oro en los Llanos de la Clara regresaría por nosotras, pero ella nos decía con rabia, después que su hermano se fue, que ni siquiera para carbonero había servido.

Mi hermana y yo íbamos a la única escuela que había en los Llanos de la Clara. Éramos diez niños y una maestra en tres bancas. El piso era de tierra y la señorita Chantal nos hacía barrer con una escoba de yerbabuena hasta el último rincón del salón. Ella decía que era francesa pero había venido de Amagá. Tenía ojos saltones como la vaca de mi tía y sonreía en muy contadas ocasiones. No lo hizo ni siquiera el día en que se le cayó el techo de paja encima y todos nos desternillamos de la risa. Sus uñas eran largas y sucias, y no podía disimular el asco que le producían los niños.

Aprendí a leer pero no a escribir. Sólo descubrí el encanto de la escritura cuando me hice mujer. Yo no sé qué decía la señorita pero automáticamente seguía el coro de Abisorba, Abisorparba... Era un ejercicio para aprender el abecedario. Ella también hablaba de la sabiduría de don José Manuel Marroquín[2] y la valentía del general Rafael Uribe Uribe[3]. De tanto repetir en clase un carbón más otro carbón conocí el poder de la suma y en casa llevaba muy bien las cuentas de las arepas[4] que amasaba y los huevos que las gallinas ponían al mes. No eran muchos y los resultados los guardaba mi tía para venderlos en la plaza. Ella decía que los amarillos eran los mejores; por supuesto, yo no entendía de qué hablaba, pero lo supe tiempo después cuando conseguí mi primera amiga.

Mi hermana Antonia y yo compartíamos una cama y mi tía dormía en el suelo por sus dolencias de la espalda. En un amanecer, casi unos segundos antes de despertarnos, sentí que me estaba ahogando en un charco muy frío y que una niña muy parecida a mí me sacaba del agua. Cuando me desperté, Antonia se cubría con toda la manta raída. De pronto alguien me tocó los pies y supe que los tenía fríos por el contraste de la piel caliente que me rozaba. Pensé que era mi tía, pero giré la cabeza y ella estaba en el suelo. Volví a quedarme dormida porque creí que era un perrito que teníamos y que nos lamía los pies y la cara en las mañanas. Cuando la tía nos despertó, nos dijo que Anita se había muerto. Yo no sabía quién era Anita, pero por las señas de mi tía se

---

2　*José Manuel Marroquín* (1827-1908): político y escritor colombiano, vicepresidente de la República y presidente de 1900 a 1904. Fundó la Academia Colombiana de la Lengua. Durante el gobierno de Marroquín Panamá se separó de Colombia a causa de la intervención de Estados Unidos. Por un lado se presenta a un hombre culto y por el otro a un líder débil en contraste con su homólogo Teodoro Roosevelt. Marroquín fue un ser pacífico, melancólico, muy creyente y que jamás se imaginó que tendría que enfrentarse a una revolución, ni mucho menos a un conflicto internacional debido a Panamá. Véase Eduardo Lemaitre. *Historias detrás de la historia de Colombia.* Bogotá: Planeta Colombiana Editorial, 1994, pp. 144-145.

3　*Rafael Uribe Uribe* (1859-1914): abogado, militar, periodista, diplomático y caudillo liberal colombiano. Participó en varias guerras; en 1896 fue capturado en Cartagena de Indias, posteriormente fue diputado a la Cámara de Representantes y tuvo una participación muy destacada en la guerra de los Mil Días. Fue representante de los liberales en la firma del tratado de Neerlandia (24 de octubre de 1902) y reasumió la dirección liberal en 1903. Sobre la Guerra de los Mil Días, ver la nota 27.

4　*Arepa*: alimento popular de origen precolombino, preparado en base a harina de maíz, sal y agua, al que se le da forma redonda y cocina sobre un elemento caliente de barro cocido, metal o piedra, o se fríe. Pueden servirse solas o rellenas. Su nombre proviene del "aripo" (especie de plancha un poquito curva fabricada en barro, que se utilizaba originalmente para la cocción). Es tradicional en Venezuela y Colombia, pero existen variantes –que son conocidas como "tortillas"– en casi todos los países de Latinoamérica.

parecía a la de mi sueño. Anita era mi hermana mayor y por medio de mi padre nos enteramos de que desde hacía algún tiempo padecía de fiebres altas a causa del paludismo[5].

Mi tía nos hacía levantar a las cuatro de la mañana para moler el maíz y hacer las arepas. Yo odiaba el pilón de piedra porque no podía levantar el mazo de madera para quebrarlo. Antonia me ayudaba y con el tiempo adquirí mucha habilidad. A las seis estábamos listas y desayunadas para salir y caminar una hora antes de llegar a la escuela. Nosotras no teníamos zapatos y ya nos habían salido niguas[6] en los pies. Las garrapatas[7] nos las desprendíamos de las piernas con un baño de agua caliente porque se agarraban con todas sus patitas a la piel y nos chupaban la sangre.

Mi único vestido era de lino y de una sola pieza. Lo tenía que lavar casi todos los días. Una vez no fui a la escuela porque en aquellos días llovía todo el tiempo y la prenda no se secó. Antonia sacó a escondidas de un baúl de mi tía una falda que me sirvió de vestido y me la amarré con una cabuya[8]. Ese día me quedé deambulando por los potreros de don José María Giraldo porque no quería que los otros niños se burlaran de mí. Pero al fin y al cabo todos parecíamos verrugas en la nariz de la señorita Chantal y ella terminó por acostumbrarse a esa corte de enanos con harapos de adultos.

Don José María Giraldo tenía mucho ganado en los Llanos de la Clara y vendía panela[9] a todos los vecinos de La Estrella, Heliconia, Titiribí, Amagá y Angelópolis, de donde éramos nosotras. Su hija Nera estaba en la escuela. Ella era cuatro años mayor que yo; casi de la edad de mi hermana Antonia. La señorita Chantal la trataba diferente y, a

---

5   *Paludismo:* de *palus* (lat.) pantano. También conocido como *malaria*, es una enfermedad muy extendida en el trópico y una de las principales causas de mortalidad en el mundo. Está causada por un protozoo *(Plasmodium)* que es transmitido al hombre a través de la picadura de la hembra del mosquito *Anopheles.* Existen cuatro especies de *Plasmodium* que causan la enfermedad en el hombre, siendo tres relativamente benignas pero la cuarta produce un paludismo grave con altas probabilidades de muerte. Su manifestación clínica es el acceso palúdico cada dos o tres días, con escalofríos seguidos de fiebre alta, sudoración abundante y desaparición de la fiebre.

6   *Nigua: Púlex penetras o Tunga penetras.* Insecto díptero afaníptero, originario de América y muy extendido en África, semejante a la pulga; las hembras penetran bajo la piel depositando allí los huevos, y las crías producen mucha picazón y úlceras graves.

7   *Garrapata:* nombre vulgar aplicado a varias especies de arácnidos que viven parásitos sobre otros animales; por ejemplo sobre los perros.

8   *Cabuya:* o fique (Furcraea cabuya) vegetal que es hilado para la fabricación de alpargatas, redes y cuerdas.

9   *Panela:* azúcar sin refinar obtenido de la caña de azúcar, que se comercializa en panes compactos de forma redonda, rectangular o prismática, atados por lo común por pares. La pasta sólida se disuelve en agua hirviendo y se obtiene una bebida de color oscura parecida al té. Se puede mezclar con otros líquidos y se sirve caliente o fría. En Colombia se llama agua de panela o "aguapanela".

pesar de ser la más alta, la sentaba en la primera banca. Nera no hablaba con ninguno de nosotros y sólo respondía con balbuceos a las preguntas de la maestra. La señorita Chantal únicamente sonreía cuando se dirigía a ella y la trataba como si fuera su ama. Don José María la había contratado como tutora exclusiva para su hija, pero el cura lo convenció de mandarla a la escuelita, ante la condición mental de Nera. Su padre pensó que lo mejor era que ella estuviera en un aula con otros chicos, aunque fueran los hijos de los mineros. La teoría del cura era que Nera necesitaba estar con los de su edad. Don José María, quien había fundado la capilla en Angelópolis, accedió a crear una escuelita en una de sus bodegas de panela. Pero una de las condiciones que impuso fue que Nera no debía dirigirles la palabra a los otros niños.

La señorita Chantal estaba allí para asegurarse de que la niña no conversara, y se tomaba muy a pecho su trabajo. Un día no pude soportar más los rizos encantadores de Nera, que me reducían a mi más mínima expresión porque no me dejaba ver el pizarrón, y le dije que la escuela no era suya. Por primera vez, Nera abrió la boca y, como un gansito que da sus primeros graznidos, se puso a llorar. Su llanto comenzó a salirle de adentro con tanta fuerza que su traje de encajes se empapó de pies a cabeza. La señorita Chantal tuvo que llamar a don José María y se la llevaron en parihuelas[10].

Esa noche no pude regresar con Antonia a la casa de mi tía. La maestra me dejó encerrada en la bodega de panela, pero antes de irse regó granos de maíz en el suelo y me hizo arrastrarme arrodillada y rezar cincuenta padrenuestros. En la oscuridad de la bodega encontré el pupitre de la maestra y me comí una arepa con queso que le había mandado don José María con su hijita. Sentí que me había orinado del susto, pero con tal de salir de allí no me importaba estar mojada. Después de amontonar las bancas y formar una pirámide, logré sacar la cabeza por el hueco que se había hecho cuando se le cayó el techo a la señorita. Esa noche anduve a tientas por el camino que ya sabía de memoria y llegué al amanecer a la casa de mi tía.

Mi tía decidió no enviarme más a la escuela porque ella consideraba que yo estaba perdiendo el tiempo y además necesitaba ayuda en los quehaceres de la casa. Mi hermana me contó que Nera jamás volvió a la escuela, que la señorita Chantal se irritaba con frecuencia y que les

---

10   *Parihuela*: artefacto compuesto por dos varas gruesas como las de las sillas de manos, con unas tablas atravesadas en forma de mesa sobre las cuales se transportan las cargas.

gritaba a los ocho alumnos que ella no había venido a este moridero[11] para que los barrigones[12] se la pusieran de ruana[13], y que ella no era la esclava de una niña loca que creía en el diablo. Qué se creía esa mocosa, ¿un ángel de Notre Dame? Mi hermana no sabía qué era Notre Dame y ella sospechaba que era de donde venía la señorita.

Pues bien, volví a ver a Nera cuando ella tenía dieciséis años. Yo estaba arriando una vaca de mi tía que comía en los pastos de don José María. Mi tía le pagaba la ruda y la verdolaga que trituraban los cuatro estómagos de la vaca con cien arepas que, por supuesto, asábamos nosotras todos los días. La encontré sentada en una manga, con su vestido blanco y unos zapatos que su padre le había comprado en Madrid; lo supe porque ella misma me lo dijo. Era la primera vez en mi vida que veía unos zapatos así. Ella estaba más callada y hermosa que nunca, sin embargo, no me ignoró y me llamó Clarita. Pensé que era la vaca la que me hablaba y sentí como si las raíces del pasto se agarraran con sus uñas de mis pies para sepultarme, porque siempre creí que ella era muda. Mi nombre sonó muy raro porque nadie me había llamado con un diminutivo. Para mi sorpresa, ella se rió ante mi palidez y me dijo que no era un fantasma sino la hija de don José María. Ella sabía quién era yo y me agradeció el haberla sacado de la escuela. Tiempo después me confesó que ella también odiaba a la señorita Chantal, que su verdadero nombre era Encarnación y que había ido a París como la asistenta de su padre, donde aprendió a decir tres palabras en francés y cuando regresó a Amagá le dijo a todos que era francesa.

La madre de la maestra era una vieja carbonera conocida como la Chinca[14] por ser chiquitica y que vendía carbón de puerta en puerta. Mi tía conoció a la Chinca y le oí decir a la señorita Chantal –me parece estar escuchando a la finada– que ella sabía la enfermedad que llevó a la tumba a su madre. Según mi tía, doña Chinca se murió de un em-

---

11   *Moridero:* lugar aislado, detestable, ruinoso, abandonado, de poca importancia. Donde se muere sin esperanza.

12   *Barrigón-gona:* niño de corta edad. Panzudo, panzón, barrigudo, que tiene un abdomen con curva.

13   *Ponerse* (a alguien) *de ruana:* jugar, irrespetar. Colombianismo que se usa en Antioquia y su zona de influencia para indicar que se puede abusar de una persona o situación. "Los líderes se pusieron el país de ruana".

14   *Chinca:* nombre propio y como en muchos países hispanoamericanos a las personas no se les llama por su nombre, sino por un sobrenombre o la abreviación de éste por asociación con aspectos físicos como la estatura, su peso, la raza, el color de la piel o por su origen étnico, etc. En Colombia se le dicen turcos a las personas que tienen habilidad para los negocios, y no existe ninguna relación aparente entre la persona y Turquía. Los inmigrantes que llegaron al norte de Colombia eran de origen sirio-libanés pero se les dio el nombre de turcos y esto pasó al interior del país. Otro ejemplo es usar el sustantivo "negro/a" de forma cariñosa para referirse a una persona de raza blanca.

panizamiento. Yo le pregunté qué quería decir con esa palabra y mi tía me contestó que era el mal del pan. La madre de la señorita sólo se alimentaba de pan sin levadura y por eso se fue a la sepultura, de tanto comer pan. Yo creía en todo lo que mi tía decía y por lo tanto en mi vida no probaría un mendrugo de pan. No existía un manjar superior a una arepa bien asada. Además, nosotras no teníamos ni para comprar un mojicón[15]. Don José María había recogido a Chantal desde el falleci- miento de su madre y se la llevó para su casa, no por caridad sino porque la necesitaba como sirvienta.

Nera conversaba sin parar, mientras la vaca se comía todo lo que podía alrededor. Yo no dejaba de mirarle los zapatos. Al final de aquella tarde, Nera se los quitó y me los regaló. A partir de aquel día nos veíamos a la misma hora. Yo la contemplaba y ella me contaba his- torias como la de la vez que don José María, el cura y el notario tuvieron que bajarla de la copa de un caracolí[16].

—Mira, Clarita, mi papá no quiso que nadie se enterara, pero la verdad es que yo quería irme con un espíritu y mi papá le suplicó de rodillas que no me llevara. El espíritu accedió y me dejó engarzada en el árbol. Pero yo sé que él volverá tarde o temprano.

Otro día, Nera se destapó el pecho y me mostró la prueba de que había sido raptada en el caracolí: tenía unas marcas de líneas color púrpura que parecían como si una mano de seis dedos hubiese dejado en ella sus huellas. Nera traía huevos escondidos en los bolsillos y me pedía que le untara la clara en los senos para calmar el dolor. La vaca de mi tía se comía las cáscaras y yo me tragaba las yemas.

Mi amistad con la hija de don José María estaba basada en los pedazos de panela que ella sacaba como por arte de magia de sus encajes y, por supuesto, en los huevos. No obstante, la razón fundamental para que yo me sentara a oír en repetidas ocasiones el cuento del caracolí era ver una colección de fotografías que me mostró durante nuestros encuentros. Cada día traía una distinta y la guardaba en las páginas de un libro ti- tulado *Fausto*. Supe que el libro no estaba escrito en español porque de las pocas palabras que había aprendido en la escuela ninguna concordaba con las de las misteriosas páginas. Luego supe que ella leía en alemán porque años más tarde un vecino extranjero que fue acusado de leer libros malos me mostró el mismo libro, con el mismo lenguaje indescifrable.

---

15   *Mojicón:* pan de azúcar que cuesta muy poco.
16   *Caracolí:* árbol de la familia de los anacardos (Colombia).

La primera fotografía que me enseñó era la de un obispo, que había sido tomada en Medellín. Yo nunca había estado allí y pensé que todo el mundo se vestía de capa negra y usaba anillos tan finos como los que el señor obispo tenía en la mano derecha. Era su tío por parte de padre y quería que Nera se fuera a un convento en España. Otra fotografía era la de un grupo de hombres que miraba la disección de un cadáver. Según Nera, su abuelo materno había sido doctor en Amsterdam. Pero la que más me sorprendió fue la imagen de su madre sentada en unos jardines. Nunca había visto a su madre y por algún momento sospeché que la señorita Chantal era su progenitora, pero me alegré de corroborar que estaba equivocada. Un ser tan celestial como Nera no podía ser la extensión de un espantapájaros. En efecto, Nera había heredado la belleza y la elegancia de su madre. Ella me contó que su madre era granadina y la fotografía había sido tomada en los jardines del Generalife[17]. Yo jamás había visto flores, naranjos, uvas y fuentes de agua. Ella me describía los colores y no sé si me dijo la verdad porque los retratos eran en blanco y negro. La única flor que yo conocía era la siempreviva, pero lo que ella me mostraba no era una siempreviva sino una orquídea. Lo descubrí porque Nera me las mostró en los troncos de una cañada y yo perdoné a mi tía su ignorancia porque ella no sabía distinguir entre un gurre[18] y una tortuga de río. Me acuerdo mucho de esa orquídea porque floreció en medio de la cochera de mi tía. La pobre marrana[19] que teníamos estaba tan flaca que un día, en un acto de esfuerzo y desesperación, la decapitó de un solo intento. En los pelos de su hocico no quedaron ni los más mínimos rastros de su crimen. Me dieron rabia y envidia, pero al mismo tiempo la compadecí porque la

---

17   *Jardines del Generalife*: El *Generalife* era una villa de campo cercana a la ciudad de Granada, España, rodeada de huertas y jardines que servían para manutención y descanso de la familia real. La palabra *Generalife* es árabe, compuesta de *djennat*, huerto o paraíso, y de *alarif*, arquitecto. Fue construido en terrazas sobre la ladera del Cerro del Sol, la colina que hay frente a la Alhambra, en tiempos del rey nazarí Muhammed III (1302-1309).

18   *Gurre*: armadillo (en las zonas andinas y amazónica colombianas), jerre-jerre (Costa Atlántica colombiana y Venezuela), mulita, tatú o pirca (Brasil, Bolivia, Perú y Ecuador). Existen veintiún especies de armadillos distribuidas en América Latina y el sur de Estados Unidos. Colombia goza con poseer seis que llegan a pesar los cuarenta kilos. Estos mamíferos pertenecen a la orden de los Xenarthra arthos. La carne sirve para consumo humano y dado su delicioso sabor es conocido como el "siete carnes", pues se asemeja a la de res, pollo, conejo o cerdo. Los campesinos suelen deshuesar el animal y preparar la carne dentro de la caparazón para consumirla asada, frita o en guiso.

19   *Marrana*: cerdo/a. Puede ser de origen expresivo o del árabe "mahran" –vulgar mahrán– vedado, por ser el cerdo vedado para los musulmanes. Aplicado a las personas que se portan con falta de escrúpulos, delicadeza o nobleza. Muy sucio. Se aplicaba al judío converso que seguía practicando su religión en secreto. Persona maldita o excomulgada.

orquídea era para la marrana el equivalente de un chicharrón[20] que yo me comía una vez al año.

La madre de Nera no había querido regresar a las montañas y su padre terminó por aceptar la pérdida de su esposa. Don José María la había criado y la señorita Chantal había sido su niñera y tutora.

Uno de los juegos favoritos de Nera era sacar la fotografía de su madre en los jardines e inventar historias, como si ella fuera un personaje. En una de ellas la mujer en la imagen era una de las esclavas preferidas del harén del sultán Yasuf: un día el sultán se enteró de que su esclava tenía un amante en la corte. Los dos amantes se reunían a escondidas en los jardines del Generalife. Nadie sabía la identidad del hombre. El sultán mandó llamar a sus treinta y seis guerreros y los decapitó a todos. Otra, era que en el Castillo Rojo vivía Yasuf. En su cuarto sólo tenía tapetes y en las paredes estaba escrito el nombre del que le ayudaría a ganar la guerra. Una de las esclavas de su harén se acercó a su amo, se arrodilló y le dijo: "Soy cristiana, me raptaron y fui vendida en África". El sultán le contestó: "Ahora estás en las tierras de Alá". Esa noche la esclava cristiana se arrojó desde la Torre de la Vela.

Nera me enseñó el significado de las palabras aljibe, alcazaba, arrayán, albaicín, alcázar o alhambra. La palabra más parecida que sabía era alambre... y de púas, porque don José María lo había traído desde Medellín para cercar sus tierras.

A veces ella me escuchaba y le gustó la historia que yo le conté de un hombre que adivinaba la suerte con un lorito en los días de mercado. Sucedió que un domingo, después de la misa, mi tía nos llevó a mi hermana y a mí a la plaza. Yo me escabullí cuando mi tía escogía unas puchas[21] de maíz en el granero de don José María. En la única calle que atravesaba el pueblo, un hombre gritaba:

—¡Soy Domingo, el de la suerte del domingo!

Yo me acerqué, y como era tan pequeña pude meterme entre la gente y ocupar la primera fila. Domingo tenía un trípode y encima ponía una jaulita de donde salía un lorito con un papel en el pico. Nera me había regalado medio real y decidí invertirlo en mi suerte. El lorito ya no podía ni caminar de lo viejo que estaba, pero cumplió su cometido después que Domingo casi lo obligara a salir de su encierro:

—Señores: Darío, el lorito, está concentrándose. Darío, Darío...

---

20 *Chicharrón*: fiambre formado por trozos de carne de distintas partes de cerdo prensado en molde; también residuo tostado de la grasa fina de cerdo frita.

21 *Puchas:* en algunas regiones de Colombia se usa como sistema de peso. Una pucha equivale a tres libras.

–Domingo me miraba con desconcierto y sin ninguna intención de devolverme mi moneda. Por fin, el plumífero se asomó con el mensaje y Domingo se lo arrebató antes de que Darío se arrepintiera.

—Señoras y señores: esta niña viajará a otras tierras, conocerá a un príncipe y vivirá en un palacio como el de la reina María Luisa[22] –todos los curiosos se rieron y alguien exclamó que por estas tierras no había príncipes ni palacios.

Ante la rechifla de la muchedumbre, mi tía se acercó para ver qué ocurría y me descubrió. Ella, que tenía las manos como unas tenazas, agarró al hombre por el cuello y le dijo que si pensaba robarme se las tendría que ver con ella. Mi castigo por haberme escapado fue pilar[23] todo el maíz que había comprado en el mercado y, además, me sentenció que si quería ser rica tendría que casarme con un comerciante como don José María.

La última vez que vi a Nera fue cuando me fui a despedir de ella porque me escapaba con Domingo. Nera me regaló la fotografía de su madre en los jardines del Generalife y me entregó un talego lleno de huevos, panela, arepas, buñuelos y queso. Yo le conté que él me llevaría a Medellín, luego a Puerto Berrío y que tomaríamos un barco hasta Barranquilla. Domingo decía que tenía parientes en Madrid y que, tarde o temprano, nos aceptarían. Allí nos casaríamos en la iglesia de Santa Ana y luego él me llevaría a los jardines del Generalife.

Pero no llegamos ni siquiera a Marinilla porque me dejó tirada, sin un buñuelo y con Darío, el lorito, casi a punto de fallecer de una bronquitis. Yo tenía trece años y ya no era virgen.

---

22   *Reina María Luisa*: se refiere al Palacio Real de Madrid y a María Luisa de Parma (1751-1819), hija de Felipe de Borbón, duque de Parma, y de Luisa Isabel de Francia, y nieta de Felipe V de España y de Luis XV de Francia. Se casó con su primo –quien luego sería Carlos IV– en 1765. Reinó con él desde 1789 hasta las Abdicaciones de Bayona forzadas por Napoleón Bonaparte el 5 de mayo de 1808. Murió en el exilio en Roma en 1819, unos días antes que el rey.

23   *Pilar*: del latín vulgar pilare. Descascarar el maíz en un pilón, que es una especie de mortero de madera, piedra o metal. El maíz se deposita en el recipiente y los granos se machacan, majan o descascarillan con una mano dos utilizando un pedazo de madera sólido o majadero largo en forma de mazo o martillo hasta convertirlo en una masa.

CAPÍTULO II

DOMINGO

Domingo no fue un hombre importante en mi vida ni tampoco en la de nadie. La noche que me despedí de Antonia mi tía estaba en el suelo tan profundamente dormida como su marrana. La diferencia entre el sueño de la porcina y el de mi tía era que la primera dormía por depresión y mi tía, por cansancio. El animal no servía ni para el matadero, pero mi tía creía que podría sacar unos cuantos reales con su venta y comprarnos unos zapatos. Antonia no quiso acompañarme porque le había cogido mucho amor a la vieja y mi tía sólo nos tenía a nosotras en el mundo.

A mí me gustó Domingo desde que lo vi por primera vez. No sé si fue porque no era de estos lugares o porque se parecía a mi padre, o por lo menos lo que yo recordaba de él. Tenía más del triple de mi edad, era más alto que los otros mineros que había visto, tenía un bigote negro bien peinado y no usaba ruana[24] como los demás. Fumaba tabaco y no se lo sacaba de la boca ni cuando leía los papelitos de la suerte. Mi tía supo que me gustaba desde que me vio observándolo en la calle. Ella no pudo evitar aquella atracción. Él era tan encantador que hasta sedujo a mi tía y cuando ella le puso las manos en el pescuezo, él se las arregló para decirle a través de Darío, el lorito, que la suerte la rondaba y que muy pronto llegarían a sus bolsillos unos reales por un negocio.

---

24   *Ruana:* de ruán que era una tela de algodón estampada en colores, que se fabricaba en Ruán Francia. En Colombia es un tejido de lana, especie de capote de monte o poncho.

Mi tía quedó convencida de que por fin le tocaría la suerte porque don José María le compraría la marrana.

De la misma manera que mi tía, yo también creí en las palabras de Domingo y todos los fines de semana nos veíamos a escondidas después de la misa. Antonia me acompañaba mientras mi tía vendía los huevos en la plaza. Una tarde me propuso que me fuera con él y yo no lo pensé dos veces. Para mí era fascinante pensar que me raptara. Este fue el pacto que hice con Antonia: ella le diría a mi tía que Domingo me había robado y llevado a España. Si Nera había sido escogida por un espíritu maligno para llevársela a su propio mundo, por qué yo no podía ser la víctima de un hombre tan encantador y guapo.

La primera noche después que huimos, Domingo y yo caminamos por las trochas de don José María. Yo fui la guía porque conocía esas tierras de memoria. Lo importante era alejarnos lo más que pudiéramos para no darle tiempo a mi tía a que nos persiguiera. Después de caminar dos días llegamos a una posada cerca de La Estrella. Doña Nicasia nos arregló un nido de costales de panela en el suelo y allí nos quedamos dormidos por varias horas. Yo nunca había dormido con otra persona, aparte de mi hermana, y menos con un hombre. Cuando desperté me miré los senos para ver si tenía marcas purpúreas como Nerita, pero mi cuerpo estaba intacto. Doña Nicasia me dijo que Domingo se había ido a Fredonia y regresaba en dos días. En efecto, Domingo llegó irreconocible; no traía consigo a Darío, su bigote estaba disperso como los pelos de la marrana y su voz no era sonora como cuando gritaba "Soy Domingo, el de la suerte del domingo". Me dio un puñetazo en la boca que me reventó los labios y me dejó hinchada por varios días, y luego me arrancó a manotazos el único trapito que tenía puesto.

Todas las mañanas se afeitaba y se peinaba el bigote, se limpiaba el saco de levita negro que tenía y me hacía lustrar sus botas. No me dirigía una palabra y luego le decía a doña Nica que a fines de mes le pagaría por la comida de esa mocosa. Por las noches regresaba borracho y antes de poseerme me daba una paliza. Yo no comía, a pesar de que la viejita me ponía un plato debajo de la puerta. De vez en cuando me tragaba unos plátanos maduros y me acordaba de la marrana de mi tía, porque a la pobre la mantenía encerrada y lo único que hacía era levantarse en las patas traseras para mascullar con los pocos dientes que le quedaban un trozo de maduro[25] asado. Un día la casera, cansada de esperar a Domingo, que no había vuelto desde hacía tres semanas, abrió la puerta de mi pieza que estaba amarrada por fuera con una cabuya y me dijo:

—Mijita, levántese. No llore más. Ojalá que a Domingo lo devore la Madremonte[26].

Yo levanté los ojos y vi a doña Nicasia, que tenía en las manos a Darío. Me lo entregó y dejó abierta la puerta. Darío no cesaba de toser, y con aguapanela y limón, que la casera preparaba todos los días, nos recuperamos los dos.

—Mijita, usted es muy guapa y con unos calditos de palomo se va a alentar.

Domingo no regresó y no lo extrañé ni un segundo. Como no tenía ropa, doña Nicasia me regaló una chaqueta militar de su marido muerto y, como mi tía me había enseñado a coser mi propia ropa, desbaraté ese baluarte de la guerra de los Mil Días[27] y lo convertí en un traje a mi medida. La tela estaba muy gastada y con algunas manchas de sangre, que yo disimulé muy bien en el ruedo. Los botones estaban podridos y yo recogí semillas de tagua[28] que los remplazaron. Doña Nicasia necesitaba ayuda en la pensión con la comida para los comensales, el cuidado de la pesebrera y el lavado de la ropa. Yo era casi como su hija, y a pesar de extrañar a Nera, la vaca, Antonia y a mi tía con su

---

25 *Maduro:* plátano de color amarillo y dulce, listo para consumir o cocinar.

26 *Madremonte:* o Madreselva. Mito de origen indígena muy conocido en la época colonial y que se transformó a través de generaciones. Es la reina de los bosques y los montes, y se representa a través de la figura de una mujer corpulenta, elegante y vestida de hojas y musgos. Persigue a los hombres malvados, les hace perder su camino y los obliga a caminar sin rumbo.

27 *Guerra de los Mil Días:* conflicto civil que enfrentó a fuerzas antagónicas de grupos de liberales y conservadores, que por más de medio siglo habían sostenido sangrientas guerras regionales y nacionales. Devastó a Colombia y Panamá entre 1899-1902. El partido liberal radical fue derrotado por las fuerzas conservadoras. Desde mediados del siglo XIX los liberales habían iniciado reformas anticoloniales, liberaron la mano de obra esclava, desestancaron los latifundios de la Iglesia y los terratenientes iniciaron los ciclos de exportación del tabaco, la quina, el añil y el café. Los desastres militares de las guerras de 1885 y 1895 consolidaron el régimen de Rafael Núñez y Miguel Antonio Caro con la Constitución de 1886 y el Concordato de 1887. Con la firma de los tratados de Neerlandia, nombre de la hacienda donde se llevó a cabo la reunión el 24 de octubre de 1902 y de Wisconsin el 21 de noviembre de 1902, a bordo del acorazado estadounidense del mismo nombre, se puso fin a la guerra. Como consecuencias de la guerra de los Mil Días se regresó a la alianza entre el poder civil y el eclesiástico, se reafirmó el control de la propiedad privada y se apoyaron las políticas de expansión de Washington. El 3 de enero de 1903 se consumó la separación de Panamá del territorio colombiano a causa de la intervención de Estados Unidos.

28 *Tagua:* semilla de palma americana, sin tronco, cuyo endospermo es muy duro y equivale al marfil vegetal.

cochinita, me sentía a gusto en mi nuevo hogar. De todas maneras no podía regresar porque las distancias eran enormes y los crudos aguaceros borraban los caminos.

Me acostumbré a la rutina de la posada y además ganaba reales con los arrieros. Yo les marcaba los pañuelos con tinta de aguacate y ellos los llevaban como un gran regalo a sus esposas. Además, guardaba las pepas de los aguacates y cuando ellos me daban los pedazos de tela, forraba toda la superficie con la semilla, y con una aguja pinchaba la prenda hasta extraer el pigmento de color marrón. Como era la única que sabía el abecedario y algunas palabras, me pagaban a buen precio lo que ellos ignoraban. Doña Nicasia tenía un palo de aguacate en el solar. No era más alto que el caracolí donde un espíritu maligno había descargado a Nera, porque ella me lo mostró una vez y me aseguró que ese era el árbol bendito. Los aguacates de la cosecha pesaban más de tres libras, eran pura mantequilla por dentro y escurrían una leche blanca cuando los partía. Me aficioné tanto a los aguacates que los comía en el desayuno, no faltaban en los fríjoles ni en la sopa y hasta me lavaba el pelo con un jabón de aguacate que yo misma fabricaba. Domingo me había arrancado mucho cabello, pero con los masajes con aguacate en las partes peladas me habían salido nuevas raíces. Misia Nica me los hacía coger con una medialuna antes de que se cayeran de las ramas porque parecían bacinillas colgadas de la oreja. Yo los partía por la mitad, les sacaba el corazón y usaba la pepa antes de que se secara, porque si esperaba demasiado ya no podía utilizar la mancha del corazón.

Los arrieros venían de Medellín; algunos pasaban con faltriqueras[29] llenas de peines, encajes, tabacos, y otros transportaban cargas de panela hasta tierras desconocidas. Era un mundo habitado por hombres, que se desplazaban como sombras de un lugar a otro. Los que llegaban a la posada dormían como hombres, se emborrachaban como hombres, jugaban naipes y dados como hombres, contaban historias como hombres y se marchaban como hombres. Siempre me pregunté sobre qué conversarían durante las eternas jornadas de sus caminos. A veces creía que eran las mulas las que hablaban y los hombres eran los que sostenían sus penas en la espalda. Mucho tiempo después noté la fascinación del silencio en días de lluvia y el eco de los pájaros de las

---

29 *Faltriquera:* bolsillos grandes de las prendas de vestir. Bolsas de tela.

nuevas tierras. Era como un peregrinaje de silencios. Los únicos inter-
valos consistían en las voces y las risas nocturnas de los hombres al pie
de una estufa de leña en la posada de doña Nicasia. Ellos regresaban
de las nuevas tierras como alucinados, con la misma mirada que tenía
mi padre, pero muchos de los caminantes se quedaban en ellas para
siempre.

Uno de los arrieros que me habían encargado escribir las iniciales
del nombre de su mujer en unas sábanas no retornó ese año. Sin embargo, él me había pagado por adelantado y yo se las mandé con otro
de sus compañeros. Veinte meses más tarde apareció en la posada de
nuevo. Traía un bulto de papas. Iba para Medellín a comprar municiones y de regreso a las nuevas tierras se llevaría diez bultos de panela.
Me dijo que su esposa se había muerto y que por eso no había vuelto.
Su nombre era Jesús, tenía los ojos de gato, la piel estaba curtida por el
sol y tenía treinta años más que yo y... me gustaban las pañoletas que
siempre me traía de Medellín. Una noche lo vi hablando con doña Nicasia en mucho secreto y cuando le serví los fríjoles me preguntó con
un miedo infantil que si me iba con él. Doña Nicasia me había dicho
que era cierto lo de su viudez y lo de sus seis hijos, que eran casi de mi
edad. Pero lo más importante era que don Jesús poseía muchas propiedades en las nuevas tierras. Sin embargo, lo que no me dijo doña
Nica era que él había estado en la cárcel diez años por matar a un alcalde y que para llegar a sus tierras el viaje a lomo de mula se demoraba
seis meses.

Yo le dije a Jesús que lo pensaría y al año siguiente regresó por la
respuesta; moví la cabeza en un gesto afirmativo y le impuse una única
condición: que me prometiera casamiento en cualquier iglesia. Él
cumplió su promesa, pero solamente después que nació nuestro primer
hijo y eso porque casi me muero en el parto. El sacerdote y el notario
estaban listos la noche del alumbramiento, el primero para darme la
extremaunción y el segundo para escribir un testamento en donde yo
figuraría como la legítima esposa de don Jesús Márquez y por lo tanto
mi hijo tendría derecho de heredar. Pero el cura se quedó con los santos
óleos listos y nos casó.

Don Jesús necesitaba una esposa que lo ayudara a criar a sus hijos
y una mujer que lo esperara en la cama. Yo no era realmente la más

indicada, pero me convencí de que era lo mejor para mí. Además, el viejo era un encanto de hombre; era como mi padre, o al menos como el recuerdo que tenía de papá Lázaro. Jesús nunca me reprochó el hecho de que no fuera virgen y a su edad eso ya no le interesaba. Desde que conocí a Jesús no volví a tener pesadillas en que corría desnuda por desfiladeros bordeando ríos de mierda. Domingo desapareció por completo de mi mente.

Doña Nicasia nos despidió con la bendición y yo le regalé a Darío, el loro. Nuestro cortejo eran las veinte mulas cargadas de víveres y una escopeta que me la terció a la espalda como regalo de nuestra unión. Durante el largo trayecto él me enseñó a disparar y, para ser una principiante, no tenía mala puntería.

CAPÍTULO III

LA TROCHA

El primer mes no dejó de llover ni un solo día. Era abril y lo supe porque Jesús repetía todos los días que eran las lluvias de Semana Santa. Durante las jornadas diurnas descansábamos una hora para almorzar y mover las piernas, pero la marcha proseguía hasta que el sol se ocultaba. Yo iba en una yegua muy gorda y como no estaba acostumbrada a montar en una bestia, apretaba las piernas contra el animal para mantener el equilibrio. Luego de dos semanas me amañé[30] y la yegua agradeció mi confianza con sus relinchos. Por suerte para la yegua, yo no pesaba mucho y mi equipaje se limitaba a un talego[31] con mis pertenencias: un vestido que me obsequió Jesús y los zapatos que me dio Nera.

Al atardecer, Jesús buscaba una ceiba[32] para resguardarnos del agua y yo dormía pegada a él como una garrapata. Los dos nos acostábamos en mitad de la recua para conservar el calor. Yo no veía ni su cara pero sí percibía su aliento a tabaco. Jesús me contaba historias de sus cacerías en el monte, como aquella que le ocurrió una vez cuando el río se llevó las mulas y él se salvó de milagro; por fortuna pudo rescatar su escopeta del agua y cazar fieras para sobrevivir. En aquellas montañas había tigres que se camuflaban en medio de las matas de

---

30   *Amañarse:* en Colombia se usa con el sentido de acostumbrarse, adaptarse a un lugar o situación, quedarse por gusto.

31   *Talego/a:* no hay distinción precisa en el empleo de uno u otro género. Saco largo y estrecho de lienzo basto o lona fuerte empleado para envasar, guardar o transportar cosas.

32   *Ceiba*: (Pentandra Gaertin) árbol gigante de América tropical. Su fruto produce algodón silvestre llamado "kapoc".

ortiga y Jesús reconocía los ojos cristalinos de sus congéneres, porque él era tan rápido como un felino. Jesús me contó que cuando estaba arrodillado en un arroyo tomando agua detectó a un animal que se movía con sigilo para atrapar a su presa, es decir, a él. Sus ojos giraron y sin pensarlo descargó los cartuchos en la frente del gato salvaje. Con él se alimentó por un tiempo hasta que lo encontraron unos guaqueros[33]. Jesús no tenía que convencerme de su valentía; yo lo amaba por sus palabras.

Nos levantábamos antes del amanecer. Yo preparaba el tinto[34] para todos en una fogata improvisada. Al principio viajábamos solos y a la cuarta semana se nos unió otro grupo de arrieros que iban a las tierras nuevas. La caravana aumentó. No sé cuánto nos demoramos subiendo por trochas de fango, pero cuando me di cuenta volteé a mirar hacia abajo y casi me quedo petrificada. Jesús me dijo que siempre mirara al frente y que no me preocupara. No obstante, sentía como si mis ojos estuvieran pegados a la parte trasera de mi cabeza. Era como si el espacio entre el mundo que había dejado y mi condición de ser una viajera se agrandara cada vez más por los agujeros formados en los abismos que, gracias a Dios, no volvería a ver. Con cada paso de mi mula, la tierra anaranjada se iba transformando. Cada piedra, cada helecho milenario, cada milímetro cúbico de agua que se filtraba por las paredes de las montañas cambiaba de sitio ante nuestro trasegar y mi vida quedaba atrás como un cascarón de huevo.

Jesús aprendió a leer mis señales de pánico y esta vez no quiso parar la caravana sino hasta que llegamos a la cima de la montaña, pernoctamos allí y aprovechó para salir de cacería con los otros hombres. ¡Qué ingenuos si pensaban que me iba a quedar con las mulas! Me fui con ellos y dejamos descansar a los animales, que ya estaban agotados por la jornada.

En las noches, se escuchaban aullidos de dantas[35], revoloteos de mariposas con ojos como de búho y murciélagos que chillaban de felicidad cuando encontraban un racimo de platanilla[36]. Jesús les tenía pavor a estos pájaros nocturnos. Él los llamaba vampiros porque en la noche chupaban la sangre de las bestias, y en especial mordían a las

---

33 *Guaquero:* buscadores de guacas (palabra de origen quechua huaca, que significa ídolo, cosa sagrada). Los guaqueros se dedicaban a buscar tesoros escondidos en las de tumbas indígenas donde muchas veces encontraba oro, joyas y objetos con los cuales habían sido enterrados los indios.
34 *Tinto:* café sin leche. (Colombia).
35 *Dantas:* especie de tapir (Colombia). Mamífero perisodáctilo, ciervo.
36 *Platanilla:* especie de plátano o banano pequeño. Es muy dulce.

mulas en las patas. Pero lo que más le preocupaba a Jesús acerca de estos animales era que él no tenía la cura para aquellas víctimas que caían bajo los colmillos de los vampiros. Uno de sus arrieros ya había muerto en una travesía porque no pudo socorrerlo a tiempo. El pobre hombre murió desangrado.

Jesús me contó que una vez sufrió en carne propia la mordedura de un vampiro en el dedo gordo del pie derecho. Sin embargo, tomó agua hirviendo, se lavó la herida y con su misma navaja se sacó un pedazo de piel. Él decía que lo más importante era evitar la saliva del vampiro porque si la baba penetraba a través de la herida entonces la sangre no coagulaba y el paciente se moría a causa de la hemorragia. Otra forma de parar el derrame de sangre era echando cenizas o café molido en la herida. Pero Jesús también estaba poseído de un gusto infinito por la carne de vampiro. Cuando los cazaba, les quitaba la cabeza y los preparaba en una cazuela. Los vampiros eran blancos y gordos. Si no hubiera sido por la trompa y sus ojos saltones, cualquiera habría creído que eran gallinitas cubanas. Yo nunca los probé, pero Jesús decía que si no fuera por los hábitos sanguinarios que tenían, él habría montado un criadero porque eran más baratos que los pollos, o los pavos, y se alimentaban con bananos. Cuando él los atrapaba vivos, me los traía y frente a mí hacía que un hombre sujetara el ala derecha del murciélago y el otro la izquierda. Entonces encendía un tabaco para que el animal lo fumara. Era asombroso ver cómo el murciélago se fumaba el cigarro sin oponer la menor resistencia. Al contrario, parecía que ese pájaro nocturno de alas negras cartilaginosas disfrutara del rito. Jesús y los otros hombres ya estaban acostumbrados a estos actos casi infantiles y esperaban que yo participara en ellos con mi risa, pero aquel acto me repugnaba, al igual que ver a las mulas morir en medio de un charco de su propio líquido rojo.

Las hormigas no distinguían entre la luz y la oscuridad, y ejércitos de cachonas[37] se movilizaban con una táctica certera para invadir y desmantelar hasta los palos de guayaba. Había gran variedad: negras, cafés, monas, rojizas, minúsculas y otras tan grandes que hasta podían cargar el excremento de un caballo. Había hormigas en mi escarcela[38], en mis pantalones, en las hojas en que envolvía la carne, en el cañón de las escopetas o en las pestañas de las mulas. Sin remedio, me hice a

---

37 *Cachonas:* hormigas grandes que tienen un aguijón alargado en forma de cacho o cuerno.
38 *Escarcela:* del italiano scarcella, bolsa. Especie de bolsa que se llevaba colgada en la cintura. Cartera.

la idea de verlas por todas partes e incluso cuando me aburría seguía los senderos que ellas mismas habían trazado. Cada una de los millones de hormigas que pasaban ante mis ojos cargaba un pedazo de hoja o un ala de un grillo. Si el cucarrón era muy pesado, entre varias se repartían el peso como cuando los mineros más fuertes de Angelópolis subían a cuestas por las faldas a la Dolorosa hasta el altar de la iglesia durante las procesiones de Semana Santa. Cada insecto trasladaba una pieza de la carga: por ejemplo, un guanábano[39] entero lo embutían en su bóveda de túneles y era como si hubieran metido el espíritu del árbol entre aquellos huecos que hacían en barro. Para Jesús las hormigas eran dañinas; más aún en épocas de lluvias. Otras eran tan grandes como abejas y su picadura era mortal. Yo había aprendido a distinguirlas y sobre todo a evitarlas.

Jesús había adquirido en la posada de doña Nicasia unos perros cazadores. Estos perros tenían las orejas largas y el pelaje muy ceñido a los huesos. Nunca los había visto en acción, pero cuando se trataba de su trabajo se convertían en foco de atención y dirigían nuestras fuerzas. Sus hocicos eran como sus ojos y los nuestros. A cada paso encontraban nidos que destrozaban buscando algún pichón o huevo. Era como el entrenamiento antes de comenzar la carrera. Jesús me había dicho que no me dejara engañar por el brillo de los ojos de algunos animales en la noche. No todos eran tigrillos[40], a veces eran ratones, comadrejas, conejos o chuchas[41]. El felino tenía un brillo especial en las pupilas y había que atacarlo antes que él se lanzara. Yo fui la primera que lo vi porque tenía la misma mirada de Jesús cuando estaba nervioso. El animal se lanzó al cuello de uno de los perros y lo fulminó en segundos. Todo fue tan rápido que no sé cuándo ni cómo disparé a una sombra que se cruzó frente a mí. El tigrillo, que en realidad era una tigrilla, quedó muerto con los colmillos clavados en la yugular del perro cazador. Jesús estaba lívido y en la oscuridad podía ver sus ojos en medio de su rostro transparente. Los otros hombres se encargaron de recoger la víctima, que pesaba varias arrobas. Según Jesús, tenía tres años. Era una hembra de pelo fino con manchas negras en la cabeza, en el lomo y en las patas. Estos lunares negros disminuían hacia la parte del vientre y el cuello. Sus uñas me recordaban las marcas que Nera tenía en los senos porque las líneas que ella tenía en el pecho eran tan delicadas y

---

39 *Guanábano:* árbol americano de la familia de las anonáceas. Produce la fruta de la guanábana, que es lechosa y dulce.

40 *Tigrillos:* género de mamíferos carniceros americanos de la especie del félido.

41 *Chucha:* zarigüeya (marsupial) que parece una rata grande. También se usa para indicar el mal olor de las axilas (Colombia).

a la vez tan mortíferas, que no parecían el producto de un mero accidente de una niña que se rasgaba la piel en los ataques de epilepsia. Era como si aquella tigrilla se afilara las garras todos los días en el mismo árbol de nogal.

En efecto, la tigrilla estaba con el estómago vacío por lo que se lanzó al canino sin medir las consecuencias. Los hombres le dijeron a Jesús que era mala suerte llevar a una mujer de cacería y con mayor razón si la moza tenía un lunar rojo en la mejilla izquierda. En verdad, no me acordaba cómo era mi cara y ellos me hicieron consciente de mi propio rostro y de mi sexo. A Jesús le encantaba la marca que yo había heredado de mi padre. Según mi marido, era como una mora que siempre estaba en su punto. Yo no había visto las moras y tiempo después, cuando él me las mostró en Salento, creí que era una burla. La diferencia entre mi lunar y el de mi padre era que él lo tenía en el brazo derecho y el mío era como una gota de sangre en un pañuelo blanco. Yo era muy pálida y el lunar sólo brotaba como la mora cuando hacía mucho calor. Yo nunca vi el lunar en la piel de mi padre ni tampoco en la mejilla de mi abuela porque no la conocí. Mi tía decía que era la marca de los Lazo, el apellido materno de papá.

Los cazadores y los demás arrieros persuadieron a Jesús de que lo mejor para mí, una mujer con lunar rojo, era quedarme con las mulas cuando ellos salieran de caza. A pesar de que ellos no me volvieron a llevar en sus excursiones nocturnas, yo practicaba tiro al blanco a escondidas. Durante nuestro viaje, los hombres sólo lograron traer unos cuantos gurres, guaguas[42] y micos. No pude acostumbrarme a ver a mi esposo con la cabeza de un mico entre las manos y sus dientes desesperados por cortar un pedazo de carne del cráneo. Ellos pelaban, descuartizaban y salaban la carne de mico. La sal era mágica para curar la carne que nos sobraba. Todos los filetes restantes se envolvían en hojas ahumadas y con el tiempo era difícil distinguir entre un muslo de mico y uno de guagua. Yo preparaba los fríjoles caldosos y las presas antropomórficas con cidra[43]. La cidra yo la encontraba enredada en los palos de guamo[44] y la cogía trepándome hasta la copa. Jesús sacudía el árbol desde el tronco y yo me aferraba a las ramas. Las guamas y cidras maduras caían sin rebotar. Yo gritaba y él me decía que iba a asustar con mis alaridos a los indefensos pericos ligeros.

---

42 *Guagua:* se usa para designar a un roedor anfibio americano (Colombia). Especie de coaya.
43 *Cidra:* fruto del cidro, parecido al limón, pero de corteza gruesa y olorosa.
44 *Guamo:* árbol de la familia de las momosáseas cuyo fruto es la guama. Se suele plantar el guamo para dar sombra al café.

Los intestinos de los simios los utilizaba para hacer chorizos que duraban semanas, y mientras más días pasaran el sabor de los embutidos era más exquisito. Nada se desaprovechaba. Muchas veces vi a los arrieros chuparse los dedos, y yo misma no distinguía entre la mano humana y la del mono. Jesús trituraba hasta los huesos de las falanges. Por mi parte, a mí me gustaba la sopa de auyama[45] con tórtolas[46] que yo misma cazaba. Jesús me había enseñado a respetar las tunas de la pringamoza[47] y a usar los cogollos para preparar guisos.

La marcha se hacía tediosa e insoportable, en especial cuando atravesábamos valles desprovistos de árboles. No podíamos soslayar el sol y desde muy temprano la luz se filtraba a través de mis párpados cerrados y por mucho tiempo tuve la sensación de no haber dormido porque siempre estaba expuesta a un resplandor infinito. Era como si la oscuridad ya no tuviera asidero en aquellas extensiones de tierras baldías. En el día mitigábamos la sed con una bebida que Jesús me había enseñado a mezclar. Contenía unas gotas de ácido cítrico, extraídas de limones, disueltas en agua. Cuando quedaba muy amarga se le echaba un pedazo de panela. Jesús cargaba también en su carriel[48] quinina, adormidera y una botellita con alcohol de maíz, que le servía como desinfectante para curar las mordeduras de las víboras. Una de las víboras más peligrosas era la tiro, que medía como medio metro y saltaba en medio de los arbustos para atacar a sus presas. Yo ya había visto varias mulas derrumbadas en el suelo porque habían pisado a la tiro y ésta había reaccionado inyectándoles su veneno. Las llamaban tiro porque eran tan mortales como la munición y porque tenían puntería. Si no se socorría a las víctimas a tiempo, era inevitable el envenenamiento. Yo vi cómo Jesús tuvo que matar algunos animales con su escopeta para que no sufrieran los dolores del envenenamiento. Otros arrieros habían visto serpientes con la cabeza tan grande como dos

---

45   *Auyama*: especie de calabaza americana. Los primeros cronistas de Indias incluyeron americanismos de origen indígena, por ejemplo, Juan de Castellanos (1522-1607) en sus *Elegías de varones ilustres de Indias*, cuya primera edición apareció en Madrid en 1589. El siguiente texto es una descripción de un indígena que se percata de la presencia de un grupo de desconocidos y resultan ser los españoles: Si son gentes de buenos pensamientos / A bien es recibillos; si son gratas, / Si vienen fatigados de hambrientos, /Darémosles de nuestros alimentos / Guamas, auyamas, yucas y batatas / Darémosles cazabis y maices...Véase Jesús Gútemberg Bohórquez C. *Concepto de americanismo en la historia del español*. Bogotá: Instituto Caro y Cuervo, 1984, p. 24.

46   *Tórtolas*: del latín turtur. Género de aves parecidas a las palomas pero más pequeñas.

47   *Pringamoza*: especie de ortiga (Colombia y Honduras).

48   *Carriel*: del provensal *carnier*, morral de caza. Bolso de cuero utilizado por los hombres en la región paisa de Colombia, y que comprenden a los departamentos de Antioquia, Caldas, Risaralda y Quindío. Tiene numerosos bolsillos y compartimientos, la tapa es forrada en piel de nutria o tigrillo, pero ahora se usa el cuero de ternero. Los campesinos y los arrieros lo usan como parte de su indumentaria cotidiana.

puños de Jesús y uno de los hombres de confianza de mi marido me contó que una vez vio una que asomaba la cabeza en medio de un maizal y no quiso acercarse porque le dio mucho miedo. En los ríos había culebras de agua y cuando cruzábamos teníamos que estar alerta porque una mordedura podía enloquecer un caballo y tanto el animal como el jinete podían morir si no se tenía un adiestramiento previo para tal caso.

Casi siempre recogíamos el agua de saltanejo[49] en los valles para llenar los totumos[50] hechos de higüera[51]. El líquido de saltanejo lo almacenábamos en aljibes improvisados después de la lluvia. Se hacía un hoyo en la tierra, se tapizaba con piedras y luego se cubría con hojas de platanilla. Allí se recolectaba el agua cuando no estábamos cerca de los ríos. Pero a pesar de que muchos arrieros eran expertos en determinar la pureza del agua, tanto para consumo humano como para la recua de animales, no faltaba alguien que tuviera fiebre, diarrea y vómitos. Jesús me había prohibido que tomara agua de ciertos riachuelos, en especial si el agua que corría estaba muy negra. Mucho menos se podía beber agua estancada en los pantanos, así me estuviera muriendo de sed.

En las noches nos protegíamos de los mosquitos con toldillos, aunque no pudiéramos respirar por el calor porque era preferible aguantar el sudor y no caer en las garras de la malaria. Yo había visto varias cruces a lo largo de la travesía. Unas tenían iniciales y otras eran anónimas. Una de las primeras cruces con las que me tropecé estaba casi intacta. No la vi porque se hallaba en medio de la maleza, y a pesar del sol y las hormigas se había conservado en buena postura. Me llamaron la atención la suavidad de la madera y su tamaño descomunal. No era como todas las que estaban en la trocha y, de acuerdo con Jesús, él aseguraba que era la tumba de un guaquero y no de un arriero que nunca encontró oro pero sí la muerte a causa de una enfermedad. Jesús era también guaquero de vocación y profesión. Pensaba que muchos hombres eran muy ingenuos y no conocían los peligros de las montañas. En varias de sus expediciones se murieron algunos de sus miembros por las fiebres y la diarrea. Ellos escasamente tenían tiempo de enterrarlos pero al parecer esta tumba pertenecía al jefe de un grupo de gua-

---

49   *Saltanejo:* después de la lluvia se formaban pequeños pozos de agua que se aprovechaba ante la sequedad del terreno. Los campesinos creían que tenía poder curativo por ser agua caída del cielo.

50   *Totumo, totuma:* fruto del *Totumo* (calabaza*)*. Vasijas hechas del fruto.

51   *Higüera:* o *Güira* (Cuba) o *Totumo* (Venezuela) *Crescentia cucurbitina*, árbol de la calabaza.

queros. En cuanto llegaban a la población más cercana, los sobrevivientes del grupo de buscadores de tesoros avisaban a las autoridades y al cura. Éste celebraba una misa en latín por todas las almas, porque muchos no eran ni siquiera reportados ni tampoco nadie preguntaba por ellos.

Otra tumba que no pude olvidar fue la de un niño. Había un promontorio cerca de un río, medía casi un metro de altura y todas las rocas estaban puestas de tal manera que parecía un bloque inamovible. Quien hizo el entierro no quería que una borrasca borrara el recuerdo de una vida y por las fechas inscritas en una cruz hecha en un palo de guayaba me di cuenta de que era una recién nacida llamada Alcira. A los tres días del nacimiento de la criatura la madre también falleció, porque más adelante encontré otra tumba con el nombre de una mujer: Alcira.

Jesús no se sorprendía de hallar ese reguero de muertos en el camino. Es más, las tumbas servían para marcar las rutas y siempre dejaban sus vestigios en contra de los estragos de las inundaciones y de la aridez. Algunas mujeres como yo habían hecho la travesía a las tierras nuevas con sus maridos e hijos. Otras quedaban preñadas a mitad de camino, pero muchas no llegaban vivas a su destino. Jesús ya tenía inmunidad a las enfermedades, pero yo no. Muchas veces me preguntaba si terminaría sepultada en una tumba de piedra como los otros porque el viaje no parecía acabar nunca. Jesús adivinaba mi desesperanza y siempre me animaba con promesas en sus ojos. Pero ¿hasta cuándo aguantarían mi cuerpo y mi paciencia? Ya quería llegar a un lugar y quedarme, no importaba si era en la copa de una ceiba para protegerme de las víboras tiro. Tenía una necesidad imperiosa de quedarme en un sitio y enclavarme en la tierra como una cruz, pero no para demostrar que estaba muerta sino llena de vida. Pero Jesús insistía en que en cuestión de semanas alcanzaríamos a llegar a Anserma. Jesús se reía y decía que una mujer que no se quejara era un hombre.

Sin embargo, yo no me lamentaba por la lluvia; es más, mi alma reposaba cuando escuchaba caer las gotas sobre las hojas y a los sapos que miraban al cielo mientras la tempestad inundaba sus cuevas. Mi queja obedecía al hecho de que Jesús aparentemente no se preocupaba por arribar a un lugar fijo. Cuando me encontraba el esqueleto de un sapo, en mi interior sabía que esos huesos habían pertenecido a un ser de la naturaleza. ¿Quién iba a identificar mi propio esqueleto si nadie me conocía en ningún lado? Por supuesto que no era fácil reconocer los restos de un batracio porque eran tan enormes que cualquiera confundiría su osamenta con la de un gozque[52]. Jesús me había enseñado a identificar sus cantos variados y a cuál familia pertenecían. Había unos sapos venenosos que tiraban leche blanca. Una noche, cuando me levanté a orinar, pisé uno de estos animales y mi pierna derecha se impregnó de una baba lechosa. Jesús me lavó de inmediato con su chicha de maíz pero la pierna se me hinchó. Años más tarde maldeciría la hora en que se me ocurrió salir en la oscuridad porque rehusaba utilizar el beque[53]. Creo que mi vena várice fue producto de mi terquedad y no de la leche del sapo. Los sapos gigantes eran inofensivos, de color café, con unas pintas amarillentas. La carne era muy insípida y había que aliñarla muy bien.

---

52   *Gozque:* perro.
53   *Beque:* orinal, recipiente para excrementos humanos.

CAPÍTULO IV

EL GUAYACÁN

Anserma tenía pocas casas, se parecía mucho a Angelópolis. Allí nos quedamos varias semanas para cambiar de mulas, comprar sal, tabaco, municiones y adquirir más perros cazadores. Llevábamos tres meses de viaje y aún nos quedaban otros tres meses más, si las tempestades nos permitían seguir la ruta. Yo no sabía cuál era el destino final y tampoco importaba porque la vida se consumaba en cada cacería, en el cruce de un puente colgante, en las bestias que se tenían que quedar porque sólo había camino para los cristianos, en los caninos que no podían luchar contra la corriente del agua, en árboles tan gruesos que podía escribir con un cuchillito alrededor del tronco quinientas veces el abecedario para que no se me olvidaran las letras. Uno de los árboles que más admiraba era el guayacán[54], o como Jesús lo denominaba: el palo santo. Era un poquito más bajito que un nogal pero igual de resistente. La corteza era verdosa y si uno pasaba las manos por el tronco le quedaban manchadas de verde. A mí me gustaban las hojas, que parecían como de madroño, pero ver un guayacán florecido

---

54 *Guayacán:* del taíno *waiacan*. Árbol de América tropical, de la familia de las cigofiláceas, que crece hasta unos doce metros de altura, con un tronco grande, ramoso, torcido, de corteza dura, gruesa y pardusca, hojas persistentes, pareadas, elípticas y enteras, flores en hacecillos terminales con pétalos de color blanco azulado, y fruto capsular, carnoso, con varias divisiones, en cada una de las cuales hay una semilla. La madera de este árbol es dura y de color cetrino negruzco. El vocablo guayacán ya aparece utilizado por el médico sevillano Monardes en *Primera, segunda y tercera partes de la Historia medicinal de las cosas que traen nuestras Indias Occidentales que sirven en medicina*, publicada en Sevilla en 1574. Jesús Gútemberg Bohórquez, op. cit., p.25.

de amarillo en medio de las higueras, los guaduales⁵⁵ o los mameyes⁵⁶, era romper con la monotonía del mundo que pasaba ante mis ojos. A Jesús no le interesaban los frutos amarillos sino la corteza, que él mismo raspaba del tronco con mesura, la picaba en pequeñas astillas y las dejaba secar al sol durante dos días. Él me decía que era el mejor remedio para el mal de las búas⁵⁷: las astillas se cocinaban en agua hirviendo, luego se colaba todo en un pedazo de tela y se bebía el zumo. La bebida de palo santo sólo hacía efecto si se tomaba en ayunas. Jesús me contaba que esta fórmula también la había aprendido de los indios porque él mismo los vio muchas veces curarse de la plaga a punta de bebidas de palo santo.

Pero el hecho que quiero destacar es que fue precisamente en un guayacán vestido de amarillo, como el manto de la Virgen, donde vi por primera vez un animal que se parecía a un oso y estaba colgado de una de las ramas de la copa del árbol. No se podía ignorar su voluminosa presencia en medio de las flores y una de las cosas más extrañas es que el animal ni siquiera se percataba de que yo le gritaba para despertarlo. Sus cuatro extremidades agarraban las ramas y la cabeza se descolgaba como si fuera la cola. Jesús se me acercó y me dijo que no lo molestara porque estaba bien dormido y como prueba sacudió el árbol con la ayuda de los otros pero el animal ni siquiera se inmutó ante el escándalo. En verdad, era el perezoso, o como Jesús le decía en forma irónica, el perico ligero. Sus movimientos eran lentos pero yo no lo culpaba porque casi no se podía sostener en las cuatro patas. Yo misma lo vi porque Jesús se trepó al guayacán y lo bajó en su espalda. Sus brazos y piernas eran delgados y en las manos tenía largas uñas como de ave. Tenía un pescuezo largo que terminaba en una cabeza pequeña con un rostro que era como la combinación entre la cara de un búho y la de un mico. Su boca era pequeña y sólo se alimentaba de hojas de vez en cuando porque por semanas enteras no comía, pero lo más increíble era que continuaba vivo. En las noches producía un canto que me espantaba porque parecía como el lamento de la Patasola⁵⁸. En efecto,

55   *Guaduales:* terreno poblado de guaduas, especie de bambú largo y grueso con púas y canutos. (Colombia, Venezuela y Ecuador).
56   *Mameyes:* voz taína. Árbol americano de la familia de las gutíferas, que crece hasta quince metros de altura, con tronco recto y copa frondosa, hojas elípticas, persistentes, obtusas y lustrosas, flores blancas, olorosas y fruto casi redondo, de unos quince centímetros de diámetro, de corteza carnosa y delgada que se quita con facilidad. La pulpa es amarilla, aromática, sabrosa, y uno o dos semillas del tamaño y forma de un riñón de carnero.
57   *Búas:* tumores blandos.
58   *Patasola:* leyenda de la región antioqueña de Colombia. Se representa a través de una figura femenina con una sola pata en forma de árbol que termina en una pezuña o garra

su voz era inusual en la oscuridad porque en el día era como una bolsa muda de pelo pardo y blanco que pendía de un árbol. En varias ocasiones tuvimos perezosos, pero nos olvidamos de ellos por su silencio.

Si para el perezoso el guayacán era su casa, para mí todavía no existía un lugar en que pudiera reposar y cantar con la misma placidez del animal. Me hice a la idea de estar siempre en movimiento, ya fuera al lomo de una bestia o caminando. Era como si la idea de permanencia fuera sólo un sueño y mi deambular, una continua realidad.

En algunos trayectos teníamos que esperar días enteros hasta que los ríos bajaran su caudal. Mayo fue el peor mes y siempre le oraba a santa Bárbara para que calmara la ira de Dios. En varias ocasiones el río se tragó las mulas y por el peso de la panela se acabaron de hundir. Otras veces teníamos que dejar las bestias al otro lado del cañón porque nos esperaba un relevo de animales. Yo me veía colgada en esos columpios hechos con bejucos y prefería no mirar hacia el fondo del río. Jesús tenía mucha destreza para hacer los nudos y armaba una silla turca en un abrir y cerrar de ojos. En su mochila siempre cargaba lazos que utilizaba para hacer puentes, tumbar guaduas y troncos, arrastrar sus trofeos de caza y también para atar a los asaltantes de caminos.

Era muy raro encontrarse con un alma en medio de aquellos montes y los que aparecían eran buscadores de oro, pero una tarde, mientras esperábamos que amainara una borrasca, apareció un hombre bajo, que si no hubiera sido por su voz habría creído que era un niño. Era muy delgado y cerraba los ojos cada vez que decía una palabra. Le contó a mi esposo que era guaquero y que venía con otros veinte más, pero se había apartado del grupo y no los podía encontrar. Jesús no le contestó pero le dejó quedarse esa noche con nosotros. Algún tiempo después me confesó que le permitió estar con nuestra caravana porque creyó que era el Judío Errante[59]. Jesús decía que éste era un hombre que andaba por todo el mundo y no se quedaba en ninguna parte. En mi interior no me cabía la idea de que alguien saliera de la nada en aquellas tierras de nadie, ya que entre otras cosas era muy di-

---

de oso y corre detrás de los hombres. Entre los campesinos de la zona andina se cuenta la leyenda de que es el espíritu de una mujer infiel que fue asesinada por su esposo cuando éste le cortó una pierna y se desangró. Otra versión dice que era una mujer perdió una extremidad porque cortaba leña el viernes santo y fue condenada a errar por el mundo. Por la noche se escuchan sus lamentos desesperados. Los campesinos dicen que cuando se escucha lejos es que está cerca y cuando se oye cerca está lejos.

59 *Judío Errante*: personaje legendario, condenado a la inmortalidad y al movimiento sin descanso. La leyenda del Judío Errante no se halla en los Evangelios de los Padres de la Iglesia ni en los apócrifos, pero perduró en la imaginación popular. En 1844 y en los años siguientes fue muy leída la novela francesa de Eugène Sue (1804-1887), *El judío errante*. Una edición reciente de la traducción al castellano es la de México: Editorial Porrúa, 1993.

fícil sobrevivir sin un caballo, sin un arma y sin un pedazo de panela. Yo había desarrollado una piel tan dura como la de la tigresa y mi cuerpo repelía a los mosquitos. Aquel hombre tan frágil no podría resistir la primera fiebre de paludismo, tan frecuente en aquellos climas. Jesús recogía a su paso todo tipo de hierbas —que yo desconocía—, las guardaba en una talega y cuando alguien del grupo se enfermaba él extraía sus plantas, las machacaba y le hacía tomar al paciente un jugo verdoso. Con él aprendí a apreciar el llantén para los nervios, la cola de caballo para mi dolor en los riñones, el diente de león para la digestión, las flores de naranjo y limoncillo como relajantes y, por supuesto, el ajo que no le faltaba para el corazón, aunque era muy difícil de conseguir.

El hombre con cuerpo de niño se quedó con nosotros varias noches porque en el día se esfumaba. A Jesús no le importaba su ausencia pero sí le perturbaba el hecho de no poder confirmar sus pensamientos acerca de la identidad de este caballero andante. Cuando le pregunté en dónde se metía, él me contestó que se dedicaba a explorar los colores de la tierra para determinar la posibilidad de hallar una guaca en la región. Jesús sabía muy bien su oficio de guaquero y por su experiencia no era posible que existieran indios enterrados con sus tesoros en aquellos lares. Por las noches mi marido no le quitaba los ojos de encima, el hombre me observaba a mí y yo los miraba a los dos. A pesar de que Jesús me había dado algunos de sus atuendos para pasar inadvertida en medio de aquella recua de hombres, sabía que varios de ellos me miraban cuando me quitaba el sombrero aguadeño[60] y mi cabello largo caía sobre la espalda. Mi disfraz masculino funcionaba en el día pero en las noches, aunque sólo nos pudiéramos ver los rostros a la luz de una vela de sebo, no podía esconder mi naturaleza femenina.

Pero ¿qué deseaba de nosotros? ¿Una bestia, una escopeta o unos tasajos de cerdo? Él se alimentaba con las hojas y bellotas que encontraba en sus excursiones diarias y creo que por no contrariarme un día me recibió un chorizo, pero luego vi que uno de los perros cazadores lo disfrutaba como un auténtico manjar. Una noche antes de partir, porque ya había bajado la corriente del río, Jesús le dijo al hombre que íbamos para Anserma y si quería podría venir con nosotros y desde allí era más seguro encontrar a sus compañeros. El hombre no respondió

---

60 *Aguadeño:* de Aguadas Caldas, un pueblo colombiano.

pero cerró los ojos de nuevo como para evitar cualquier contacto con el mundo. A las tres de la mañana, cuando me desperté por el frío, me di cuenta de que el hombre ya no estaba por ninguna parte, y tal como lo intuí se había llevado mi yegua, la escopeta de Jesús y dos cajas de cartuchos de munición. Puse en alerta a Jesús y él a su vez despertó a toda la tropa. Jesús siempre guardaba un cuchillo en la pierna derecha y sabía que lo cazaría como a un gurre aunque se metiera en un río. Fue cuestión de horas: mi marido conocía palmo a palmo esos laberintos vegetales y cada centímetro amorfo de las riberas.

—Ningún huevón me robará mi escopeta y mucho menos la yegua de mi mujer –dijo él con rabia.

El hombre no pudo huir muy lejos y Jesús lo encontró tratando de cruzar el río. Lo trajo casi arrastrando de las manos, atadas con un lazo a su caballo, y se lo entregó al corregidor del pueblo. Jesús me dio la yegua y me dijo que el animal era como mi segunda novia porque la primera era mi escopeta. Por lo tanto, no podía desampararlas ni un segundo. El hombre había huido de la única celda que tenía el pueblo y estaba condenado a cinco años por ser un ladrón de caminos.

Capítulo V

Salento

La primera vez que vi a un ser negro fue cuando cumplí dieciocho años. No sé cuántos años tenía él porque su piel era tan lisa como la mía. Fue un hallazgo extraordinario ya que del lugar de donde provenía, así como del mundo visto hasta la fecha, no tenía registro en mi memoria sobre un ser humano distinto de los que yo había conocido. Jesús tenía un color canela, que resaltaba aún más sus ojos verdes; los demás hombres estaban tostados por el sol y yo era la única que conservaba la tez blanca. Creo que el negro pensó que yo era otro hombre más porque llevaba un sombrero para cubrirme del sol y los pantalones de dril de Jesús. Tampoco era corriente que una mujer viajara con una recua de mulas y arrieros. Lo había visto venir caminando, medio desnudo y no sé si estaba sucio. Jesús me dijo que era uno de los mineros de Marmato y aunque él ya los conocía porque había estado en el Chocó, le llamó la atención que uno de ellos estuviera desperdigado de su rebaño. El hombre pasó junto a mi yegua con la cabeza agachada e ignoró mi presencia. Era como si él estuviera en un paisaje que no era el suyo o por el contrario era como si nosotros hubiéramos invadido su territorio más íntimo. Jesús lo saludó para que yo le viera la cara y el negro nos saludó con una sonrisa inesperada. Sus dientes resaltaron de inmediato y poco a poco su voz se fue acomodando en mis oídos. Él tenía un acento distinto y sus manos eran tan grandes como una ceiba. Mi esposo le preguntó unas cuantas cosas pero no pude escuchar las respuestas. Sólo su voz. En efecto, él iba para las minas y nosotros nos dirigíamos a Salento. Él se despidió moviendo la mano y siguió su ruta.

Antes de que amaneciera, me bañé en una quebrada de agua helada. No me gustaba que Jesús me viera con los ojos llenos de lagañas. No me preocupaba por mi período porque desde hacía unos meses no me venía. Claro que al principio Jesús se alarmó porque pensó que estaba embarazada y quería llegar a las nuevas tierras lo más pronto posible. De suerte resultó un retraso, pero la excepción se convirtió en la regla general. Únicamente ocho años después las hierbas de Rosario, su hija menor, y mis ruegos a la santa Virgen María me devolverían un vientre sano.

En ciertas ocasiones, Jesús tenía que llevarme en su caballo y yo lo agarraba de la cintura como una garrapata. Los rayos del sol se filtraban entre la bruma y durante muchas horas de viaje no veía ni a Jesús, que estaba junto a mí. Así eran estos parajes. Era como flotar y de vez en cuando nuestras caras se topaban con las ramas superiores que brotaban como ramilletes en medio de las nubes. Los cuellos de las palmeras eran larguísimos y desaparecían en el cielo blanco. Sus cabezas aprovechaban el poco sol que les llegaba. La tierra estaba deshabitada y por semanas enteras no vi a un solo rostro de nuestra caravana. El frío del páramo me congeló la sangre varias veces y Jesús me reanimó con una bebida amarga de caña. A menudo sentía que la cabeza se me iba a estallar pero Jesús conocía el remedio para el mal de la altura. En mis horas de máximo dolor pensaba que era preferible que volviera a la posada de doña Nicasia, pero ya no podía porque no sabía cómo regresar. Después de que mis músculos se relajaban, andaba como sonámbula y Jesús tenía que llevarme en su caballo. No recuerdo cuántos días me mantuve en ese estado delirante hasta que llegamos a Salento. Allí Jesús vendió parte de la carga de panela y dejó el resto para nuestro consumo. Compró diez bultos de papa y se hizo de nuevas bestias porque aún quedaban días de camino.

No entiendo cómo habían llegado los primeros hombres hasta esta región y menos aún cómo habían decidido quedarse allí. En la soledad de las laderas verdes surgían de un tanto a otro unas florecillas amarillas, que morían al día siguiente. Luego descubrí, al alejarme de allí, que el encanto residía en su atmósfera alucinante. Nadie era consciente del profundo silencio del paisaje del aire refrescante o de la armonía de las líneas que formaban las montañas. Atrás habíamos bordeado las cimas blancas y por delante estábamos ante los pies de las nuevas tierras. Los pocos moradores del sitio vivían como en un paraíso que no podían ver. Cerraban las ventanas muy temprano y al amanecer las abrían para que entrara aire porque la bruma cubría los cabestros, las manos, los gestos, las risas, las ruanas, los sombreros, las cinchas, los estribos, los quesos, la nata, el humo, el chocolate, los frailejones, las moras, los gansos, los canes, los mulos y una cruz blanca que estaba en un monte.

Poco a poco nos fuimos bajando de las nubes, bordeamos un río de rocas que había estado allí por varios siglos y no descansamos sino hasta que subimos otra montaña. Desde lejos el conjunto de tonalidades verdosas se repetía al infinito y mi voz interior se reconocía en cada una de esas capas ascendentes de colores. Mi cabello había crecido en forma abundante, mi cara tenía líneas más definidas y mis brazos eran como de hierro. Jesús se mantenía muy ocupado con la recua, pero siempre se aseguraba de tenerme al alcance de su vista. Yo le ayudaba a darles de bogar[61] a los animales, ensillar las bestias, curarlas cuando las picaban los insectos, y estaba con él cuando me necesitaba. Él me trataba como a una de sus hijas, como a su preferida.

Mi vida no era monótona porque cada día era diferente y el tiempo y el espacio no coincidían en el mismo punto. Mi yegua dio a luz antes que yo, y a mí sola me tocó atender su parto porque Jesús había salido de cacería. La pobre reventó fuente antes de tiempo y casi se muere por una hemorragia. Por fortuna logré que el animalito naciera sano y le salvé la vida a la madre. Lo primero que hizo la yegua fue lamerme a mí y luego limpió a su hijo. De esta manera me di cuenta de cómo nacían los bebés porque nadie me había explicado nada. Por aquel entonces yo no sabía todavía ni cogerme el culo con las dos manos. Lo único que le rogaba a Dios era que cuando me tocara a mí tuviera una buena comadrona al lado.

Jesús ya estaba ansioso por llegar y aligeró la marcha. A mí se me había olvidado que íbamos a un lugar específico, no por negligencia

---

61 *Bogar:* beber, tomar (Colombia).

sino porque había perdido la cuenta del tiempo y estaba muy amañada con mi yegua. De acuerdo con los cálculos de Jesús, nos habíamos demorado un mes más de lo previsto. En veinte días llegaríamos a su hacienda, en donde nos esperaban sus seis hijos y mucho trabajo.

SEGUNDA PARTE

CAPÍTULO VI

LA CASA

La casa, que había sido construida en forma de número siete, estaba en lo alto de una colina. No la habían pintado durante muchos años pero en algún tiempo las ventanas y las puertas fueron de color mora. Desde mucho antes de la muerte de la mujer de Jesús, la casa había caído en el más completo abandono. Algunos cuartos tenían pisos de tabla, como el mío, y los otros eran de tierra, que había adquirido la consistencia de la piedra. La cocina y los corredores con chambranas[62] eran los lugares más importantes de la casona. Jesús no había escatimado esfuerzos para construir en guadua un fogón de leña que ocupaba tres cuartas partes del recinto. En la cocina había también una ventanilla por donde se pasaban los alimentos al comedor y un portón que se cerraba todas las noches para evitar la entrada de cualquier animal hambriento. El humo se filtraba por las hendijas de las paredes porque no había chimenea. Los tabiques que separaban los dormitorios, así como la fachada y la parte trasera, estaban hechos de una mezcla de cagajón y tierra. El excremento del ganado se usaba como material de construcción y con los años se solidificaba en las estructuras de bambú. La casa no necesitaba calefacción porque el vapor de las sopas y las paredes de boñiga eran suficientes para soportar cualquier invierno lluvioso.

---

62 *Chambranas:* del francés antiguo chambrande. Cada uno de los travesaños que unen entre sí las partes de madera o piedra que se ponen alrededor de las puertas ventanas, chimeneas o balcones.

Al principio me tocó dormir con Jesús en la misma cama de lata de la difunta, pero con el tiempo me las arreglé para pasarme al dormitorio de al lado, donde guardaban azadones, hachas y picas. Los cuartos no se comunicaban entre sí y la salida de mi habitación era una puerta de dos alas que daba al corredor principal. Sin embargo, Jesús tumbó parte de la pared de bahareque[63] y me visitaba en las noches, cuando ya lo único que podía ver en la oscuridad eran sus ojos de gato.

El hijo mayor de Jesús, Jesús María, era seis años mayor que yo, el segundo cuatro años y así sucesivamente hasta la más pequeña, que podría ser mi hermanita. Bárbara, Carmen y Rosario eran las menores; se parecían a su madre porque no tenían el menor atisbo de su padre. El tercer hijo era el que más se asemejaba a Jesús, tanto en los ojos como en la forma de entender el mundo. Sin lugar a dudas, las pasiones que los unían como almas gemelas eran el amor al peligro, a los caballos y a las mujeres. Pero Jesús era un luchador por naturaleza, mientras que Israelino era un fracasado desde su nacimiento.

Jesús María me miró con recelo desde el día en que llegué a la casa. Miguel no me veía como a una madre pero sí me trataba como a otra hermana más. Israelino intentó omitir mi presencia, pero sus impulsos le ganaron la batalla. Bárbara no ahorró ni la menor palabra para hacerme sentir como una advenediza. No dudó en gritarme que Jesús me usaría por un tiempo y cuando ya no me necesitara me largaría como a una ardilla. Carmen me traicionó con su primer pensamiento y de Rosario recibí las mejores lecciones de cómo dominar a un hombre hasta torturarlo si era necesario.

En un comienzo, los hombres se ocupaban de cuidar el ganado y las mujeres trabajábamos en la cocina y en el lavadero del río. Jesús cambió gradualmente desde que llegamos: en frente de sus hijos me trataba con distancia y a veces con tiranía, pero en la intimidad era un amante muy cariñoso. Se ausentaba con mucha frecuencia y se llevaba a sus hijos varones de cacería. Yo ya no estaba a su lado día y noche como en la travesía. Además lo extrañaba porque ya no tenía la sensación de que alguien me estaba protegiendo. Por el contrario, Carmen era como mi ángel de la guarda; me seguía a todas partes, hasta a la letrina. Se había convertido en mi nueva sombra y me sentía vigilada por ella hasta en mis sueños. Una noche me di cuenta de que trataba de es-

---

63   *Bahareque:* (bajareque) del taíno. Pared de palos y tierra que se mezcla con excrementos de vaca o equinos.

cuchar mis conversaciones con Jesús porque la pillé con el oído pegado a la puerta. Le pregunté qué estaba haciendo a esas horas en la oscuridad y me contestó que estaba buscando cucarachas.

Me dio mucho trabajo hacerme a la idea de vivir entre mujeres, porque la imagen que yo tenía de una hembra la asociaba con el recuerdo de Nera. A pesar de que sabía que ella no era de esta tierra, me encantaban sus locuras, su manera de inventar historias de amor con los retratos. Pero ella, al fin y al cabo, contaba con el tiempo para imaginarse la vida; yo la gozaba en los cantos de los loros, en los pasos lentos de las vacas preñadas, en la humareda de la cocina que me hacía llorar y en el olor a mico de mi marido. Pero yo no era una de las protagonistas de los cuentos de Nera. Ahora me hallaba en medio de mujeres que hablaban cosas de mujeres, se reían como mujeres y enterraban el cuchillo en la espalda como simples hombres.

A medida que iba ganando terreno me apoderé de la cocina, porque si quería mantener viva la pasión de Jesús era mejor tener control absoluto de su dieta. Bárbara y Carmen no opusieron mucha resistencia, mientras que Rosario me ayudaba a desgranar el maíz y a moler. Me impresionaba la naturalidad con que Rosario hablaba de los hombres. Era como si ella hubiera estado casada en otras vidas y conociera las debilidades de cada uno de los hombres de la tierra. Me daba consejos de cómo tratar a su padre, lo que debía contestar para hacerle creer que tenía la razón, hablar de ciertos temas delante de él y sobre todo nunca darle la sensación que yo podía ser mejor jinete que él. Mi hijastra me fue revelando los secretos de los hombres, por lo que me sentía como si ella fuera mi madre. El Jesús que yo había conocido no demostraba ni el menor indicio de envidia cuando yo no fallaba ni un solo disparo a las tórtolas; por el contrario, se reía y me daba un abrazo. Pero con el tiempo aprendí que él era la medida de todas las cosas y él toleraba ciertos juegos. La condición era que nunca tratara de sobrepasar los límites de su poder.

Rosario me recomendaba el trato que debía darles a sus hermanas y la distancia que tenía que mantener con Israelino. Su hermano preferido era el mayor y me decía que no les hiciera caso a sus malas caras. Siempre estaba de mal humor y asumía las funciones de padre cuando Jesús se iba por largas temporadas. Miguel seguía más a su hermano que a su padre e Israelino obedecía con rabia las órdenes de Jesús. Él era implacable con sus hijos y los había criado como domando burros, a punta de fuete[64]. Ellos no disimulaban el odio a su padre y la sed de poder, sobre todo el tercer hijo. Jesús no vacilaba un segundo en descargar la ira sobre ellos, a veces un grito era como un latigazo, y si no funcionaba, la fusta que llevaba en la mano materializaba las marcas sangrantes. En frente de mí Israelino no lloraba por vergüenza, pero lo sentía sollozar en las noches.

Jesús no consentía que sus hijos cometiesen el más mínimo error tanto en las faenas diarias como en sus vidas. Una mañana, cuando Jesús marcaba una res con su inicial, la vaca se zafó del lazo y le dio una patada en el estómago que lo dejó sin aire. Su asistente era Israelino, quien tenía como tarea amarrar las patas traseras de la novillona. El joven no siguió las instrucciones de su padre de cómo atar un animal y por eso casi nos morimos Israelino y yo. Rosario corrió a la cocina en donde yo estaba pelando unos plátanos verdes para un sancocho y entre sollozos se pegó de mi delantal porque Jesús estaba acabando con su hijo. Cuando llegué al establo, Jesús tenía a Israelino colgado de los pies del gancho de la balanza con que pesaba los terneros recién nacidos. Jesús lo azotaba con la furia de un río que se traga todo a su paso.

—Jesús, ¿no ves que es carne de tu carne? —le dije con un tono rotundo que yo misma no me reconocí—. O lo sueltas o nos vamos los dos para el cementerio.

Yo le apuntaba con la escopeta que él me había obsequiado y me vio sin mirarme. Sus ojos tenían el mismo brillo de nerviosismo antes de una cacería, que yo solamente podía detectar en su mirada. El viejo sabía que mi puntería era infalible y no dudó en parar los rituales de su acto sádico. En innumerables ocasiones se había enfrentado a puño limpio, a machete, a hachazos con otros machos de su misma especie, pero nunca se había visto en la mira de un cazador y menos en la de una mujer, su compañera. La sorpresa de ver mi cañón apuntando a su frente lo dejó del color de la barriga de un sapo. Bárbara y Carmen estaban arrodilladas, cada una sujetando una pierna de Jesús, pero eran como moscas en las garras de un oso. Jesús María observaba la escena con rencor y desprecio, mientras que Miguel vomitaba en un rincón.

Jesús tomó su caballo, su escopeta, se llevó sus sabuesos favoritos y

---

64   *Fuete*: látigo fabricado de hilaza de cabuya.

se internó en el monte por tres meses. Desde ese día Jesús María comenzó a darme los buenos días, Miguel traía toda la leña seca que se encontraba en el camino e Israelino no me atacaba con demasiada constancia. Sin embargo, Bárbara y Carmen no bajaron la guardia. Ahora que el padre estaba ausente se habían desvinculado por completo de los deberes de la casa y no me hacían ningún caso, porque yo no era su madre. Bárbara se levantaba tarde, Rosario le llevaba el tinto a la cama, y a mediodía pasaba por la cocina, husmeaba las ollas y me decía que ella ya me lo había advertido. Con seguridad su padre regresaría con otra y mi estadía en la hacienda era una cuestión pasajera. Carmen usó otra táctica: se hizo mi amiga. Por las noches se venía a mi dormitorio y se acostaba a mis pies. Ella peleaba con Rosario, quien ya estaba instalada en mi cama como un mojojoy[65] desde la partida de Jesús. Yo les hacía campo a las dos. Me contaban historias en la oscuridad, como si yo fuera su muñeca de juegos. A veces yo lloraba, pero ellas no se daban cuenta porque estaban muy metidas en sus personajes.

—Si quiere seguir con vida es mejor que huya antes de que él regrese, porque nunca le perdonará su desafío delante de nosotros –me dijo la Carmen.

Por el contrario, Rosario en sus largas clases me explicaba que su padre estaba enamorado de mí, y ella lo podía ver en sus ojos. No sé qué veía Rosario, pero sí sé que en su imaginación estaba enamorada de su padre. Según mi hijastra, una de las cosas que le atraían a Jesús de mí eran precisamente mi atrevimiento y mi sentido de la mesura cuando lo requería la situación. Yo nunca le habría disparado a otro ser humano, excepto en defensa propia o por lo que yo consideraba que era la verdad. No supe ni cómo me salieron las palabras que le dije a Jesús, pero lo del cementerio lo agregué para asustarlo porque no había visto ni el primero desde que salí de Angelópolis. Sólo recordaba las cruces desperdigadas a lo largo de la trocha cuando veníamos a las nuevas tierras.

Las niñas gobernaban en la casa y los muchachos mayores trataban de comportarse como adultos. Jesús traía la papa y la panela, y el chocolate lo secaban al sol. Las sirvientas se ocupaban de la madre hasta que ella misma las despidió porque creía que la iban a envenenar. Bárbara nunca había tenido un novio y Carmen se escapaba por las

---

65 *Mojojoy:* gusanito. En *La vorágine* (1924) de José Eustasio Rivera se mencionan los gusanos mojojoyes.

noches con los peones. Rosario se imaginaba a su amado, pero su adoración por su padre no le permitía traicionarlo.

¿Cómo no me había dado cuenta de la insania desmedida en aquella casa? Estaba rodeada de locas. Pero yo estaba peor que ellas porque ni se me cruzaba por la mente abandonar a Jesús. No las culpaba a ellas, porque si algo se heredaba era la chifladura. Luego me vine a enterar en verdad que doña Virtudes, la primera mujer de Jesús, se había enloquecido poco tiempo después que su esposo salió de la prisión y retornó a la hacienda. Desde entonces la señora se había confinado en su dormitorio y la acompañaba una familia de gatos pulgosos. Los muchachos se habían criado solos porque Jesús se ausentaba con más asiduidad desde la enfermedad de doña Virtudes. Cuando ella murió, Jesús se llevó el cadáver de su esposa y lo enterró en medio de dos yarumos[66]. Él sólo conocía el lugar de su tumba y jamás quiso que sus hijos le llevaran flores.

---

66   *Yarumo:* árbol de la familia de las araliáceas; pecíolos largos, hojas grandes, digitadas, tormentosas por el envés, flores blancas; madera floja; las hojas son medicinales.

Capítulo VII

Doña Virtudes

Todos en la hacienda sabían el motivo por el cual doña Virtudes había perdido la chaveta[67]. Jesús no quiso preguntar la razón puesto que la supo desde el principio. A partir del mismo día en que se llevaron a su marido a Las Delicias, una prisión cerca de Manizales, Virtudes instaló a don Eliseo, su compadre, en la hacienda. Los diez años de reclusión de su marido habían sido para Virtudes como un segundo de felicidad al lado de su amante. El mayor tenía ocho años cuando Jesús desapareció de sus vidas y cuando ya era un hombre volvió a ver a su papá.

Don Eliseo era el padrino de Jesús María y el compañero de correrías de Jesús. Él cuidaba el ganado y tomó la responsabilidad de su nueva familia como si fuera su propia estirpe. Los muchachos no lo miraban como a un padre pero sí lo respetaban ante las intimidaciones de la madre. Las niñas trataban a Eliseo mejor que a su madre. Virtudes tenía celos de la proximidad entre sus hijas y su amante y determinó que ante la temporalidad de su felicidad nadie más tenía derecho de compartirlo. Se encerraba días con él y la única que podía entrar era Rosario porque les llevaba naranjas. Rosario me contó que los sorprendió varias veces haciendo el amor y ellos seguían en sus rituales sensuales, como si ella fuera sólo otra de las naranjas listas para

---

67 *Perder la chaveta*: perder el juicio, volverse loco. De la pieza de metal, especie de clavo de cuerpo hendido, que se colocaba en los pernos que cerraban los grillos de hierro sobre los tobillos o muñecas de los prisioneros. Si se "perdía la chaveta" el perno podía salirse y el prisionero quedar libre y sin control. (Cuando los grillos eran permanentes se utilizaban remaches en vez de pernos y chavetas).

chupar. Su madre le decía que todo lo hacía por amor a ellos y porque al hombre siempre había que tenerlo contento para que no se fuera a buscar comida a otra parte.

Virtudes despidió a su compadre cuando fue a recoger a Jesús a la cárcel de Manizales. Ella no fue la misma desde que Jesús regresó a la hacienda y al poco tiempo se metió en su dormitorio, al lado de la cocina. Rosario entraba para llevarle naranjas y pasaba horas hablándole a su madre. Carmen me lo dijo porque siempre estaba con la oreja pegada a las paredes, pero no pudo explicarme el contenido de las conversaciones. La niña preguntaba y ella misma se respondía con otro tono de voz porque la mamá no había vuelto a pronunciar ni una palabra desde su enclaustramiento. Un día le pregunté a Rosario cuál era el tema de sus retahílas y ella me contestó que era una charla entre mujeres.

De las escasas veces que Carmen entendió lo que dijo su madre fue cuando le recriminó a Jesús el hecho de que hubiera llevado a sus tres hijos varones a visitar a Mónica, la muchacha más bella del pueblo de Barcelona. Rosario le había mencionado a su madre los detalles de la visita porque Israelino le narró todos los pormenores de su primera eyaculación. Jesús le respondió a Virtudes que si habría preferido que se volvieran maricas.

—Esos volantones ya están en edad de usar mujer. Los jóvenes montan gratis, pero ya le pagué muy bien a Mónica –le dijo Jesús.

El pueblo quedaba a varias leguas de la hacienda y era lo más cercano a cualquier muestra de civilización por aquellos lugares. Más que un sitio de diversión, era un oasis para los arrieros, los cazadores, los peones y los nuevos colonos. Se hablaba tanto de la tal Mónica que un día me disfracé de hombre y seguí a Jesús e Israelino, que eran clientes muy devotos. En efecto, Mónica poseía una belleza inusual: era trigueña, de ojos azules y de cabello aindiado. Un guaquero la había abandonado allí porque, según Rosario, ya no le daba buena suerte y el oro se convertía en polvo cada vez que lo encontraba. El guaquero concluyó que esa india estaba ayudando a sus antepasados. Sin duda por sus venas corría sangre india, pero a nadie le importaba su origen o su apariencia. Con los años y el fruto de sus esfuerzos, Mónica había construido una ramada cubierta con palmas, que le servía de salón de baile. Los aserradores le habían hecho a Mónica mesas con los cortes de árboles más anchos que ellos bajaban de las montañas, mientras que ella les había prestado sus servicios a cambio de la mano de obra. Mónica se dio cuenta de que el guaquero le había hecho un gran favor al botarla en medio de esas tierras de nadie porque ya no tenía que ser más su esclava. Su negocio le permitía escoger con quién se acostaba. Algunas mujeres del pueblo decían que ella había enchamicado[68] a Jesús; a Israelino; a don Adán, el corregidor; a don Gregorio, el carnicero, y a don Luján, el afilador de cuchillos.

---

68 *Enchamicado:* embrujado. Dar chamico a alguien en un bebedizo. (Colombia). Chamico (Cuba, República Dominicana) es un vocablo que viene del quechua *chamiku*, y es un arbusto silvestre de la familia de las solanáceas, variedad de estramonio de follaje sombrío, hojas grandes dentadas, blancas y moradas, y su fruto es como un huevo verdoso, erizado de púas, de olor nauseabundo y sabor amargo. Es narcótico y venenoso, pero lo emplean como medicina en las afecciones de pecho.

Capítulo VIII

El morenito Márquez

Cuando Jesús fue condenado a trabajos forzados en el Paraíso, había cumplido los veinticinco años. Doña Virtudes no volvió a mencionar su nombre en la casa y el día que Jesús María preguntó cuándo regresaría el padre, Virtudes lo encerró en una de las caballerizas. Rosario aprendió a repetir la historia que le contaba su madre sobre el motivo de la ausencia de su padre: Jesús se había ido a un viaje al Chocó y lo devoró la selva. Pero Carmen tenía una versión filtrada a través de los muros de bahareque. Ella había escuchado a su madre y a don Eliseo una vez que cuchicheaban en la cocina. Según ellos, Jesús había matado al alcalde de Barcelona porque lo metió en la cárcel por ser liberal[69]. Tiempo después yo le oí decir a Mónica que muy recién llegada a Barcelona, y después que el guaquero la abandonó, el alcalde se prendó de ella. Pero a Mónica le gustaba más Jesús y no pudo

---

[69] *Liberal*: El Partido Liberal de Colombia fue fundado en los años 1840 por grupos de comerciantes y artesanos, partidarios del librecambio y apoyado por los esclavos, interesados en su propia liberación. En sus comienzos el partido defendía las ideas del liberalismo económico (librecambio, libre empresa, etc.) así como los principios de la libertad de palabra y opinión, libertad de cultos y total independencia del Estado y de la Iglesia, enfrentándose al partido Conservador. Con el tiempo estos principios fueron mutando, al punto que sus legisladores consagraron leyes que apoyaban la economía dirigida basada en la función social de la propiedad como la "Ley de tierras" o ley Murillo Toro de 1852., que establecía que establecía que la tierra debía ser de quien la cultivara. Según Manuel Murillo Toro (1816-1880), ideólogo del partido liberal, estadista y periodista, dos veces presidente de la República y quien la inspirara «el cultivo de la tierra debe ser la única base de la propiedad, y nadie debe poseer una extensión mayor que aquella que, cultivada, pueda proveer cómodamente a su subsistencia». La ley no contemplaba la abolición del derecho de dominio, pero sí su limitación y el control gubernamental de su uso, lo cual en la práctica generó muchas arbitrariedades y violencias.

evitar la tragedia. Jesús esperó al alcalde a la salida del rancho de Mónica y se enfrentaron a machete. A Israelino le habían dicho en Barcelona que la muerte del alcalde había sido producto de una venganza. Así, con ella se había cobrado la muerte de su único hermano. A los guaqueros que paraban en la casa les pregunté por qué había sucedido esto. Ellos me dijeron:

—Don Jesús y el alcalde fueron compañeros de guaquería y los dos compartieron muchos secretos.

Parece que mi marido encontró una guaca muy grande en el Alto del Oso y el alcalde se robó el oro y no le dio nada a Jesús. Don Gregorio, el carnicero, me felicitó una vez porque mi esposo, decía, era un berraco[70]:

—Su marido tiene cojones —me comentó sin mirarme a la cara—. Don Jesús nos hizo un favor hace muchos años: mandó al alcalde a la sepultura.

Don Gregorio era el que me degollaba y chamuscaba los marranos. Su cuchillo no se equivocaba un milímetro y el animal no sufría. No dudo que don Gregorio fuera también muy berraco, pero se quitaba el sombrero ante el coraje de Jesús. Eva me aseguró que su mamá había conocido a doña Virtudes porque le lavaba la ropa de la casona. De acuerdo con Eva, don Eliseo llevó a vivir a su madre, doña Matilde, a la hacienda aunque a doña Virtudes no le gustó la idea de tener la suegra de su amante en la misma casa. Pero el que quiere el perro quiere la chanda[71] y doña Virtudes se tuvo que aguantar. Doña Matilde era muy amiga de la madre de Eva y ésta le contó que Virtudes había hecho un plan para quedarse con la hacienda y con Eliseo: Virtudes conocía muy bien a Jesús y sabía que defendería a Eliseo en cualquier pelea. Pues Virtudes planificó todo para que Eliseo provocara la riña en casa de Mónica y el resto es historia.

Por uno u otro motivo, lo que aconteció ese atardecer en Barcelona me lo contó Jesús de su propia boca:

Jesús, su compadre don Eliseo y otros arrieros habían pasado la noche tomando y bailando en la cantina de Mónica. La india ya tenía un negocito montado con el dinero que le sacaba al alcalde. Al amanecer, Eliseo se metió en una pelea porque una de las muchachas no se acostó con uno de sus compadres. Jesús quiso detener la trifulca pero

---

70 *Berraco:* persona valiente, muy hábil, con talento, se destaca por su fuerza física, audacia. (Colombia).
71 *Chanda:* del quechua. Sarna, afección cutánea (Colombia).

el alcalde, que estaba allí, se los llevó a todos presos y los puso en el cepo. En las borracheras todos se abrazaban y eran del mismo partido, pero cuando estaban sobrios cada uno moría por su color y sus héroes. Jesús era liberal, como lo habían sido su padre y su abuelo. El alcalde era del partido contrario y su rivalidad iba más allá del odio. Jesús no ocultaba sus tendencias políticas, por lo cual se había ganado muchos enemigos en la región. El alcalde era el más acérrimo y sólo esperaba cualquier excusa para meterlo en la celda. Jesús había comenzado la arriería desde muy joven y así era como había llegado a esta región. Las tierras nuevas no tenían dueño y cada uno llegaba y se establecía donde quería. Jesús había tumbado robles, guaduales y había hecho caminos para las bestias. Cuando el alcalde llegó a Barcelona, mi esposo ya era dueño de una montaña y cien cabezas de ganado.

Él supo desde el principio que el alcalde les había puesto el ojo a sus tierras y estaba en su lista negra. Jesús le mandó un caballo de regalo cuando el alcalde se posesionó. Por algún tiempo se sentaron juntos en la casa de Mónica. La hostilidad entre ellos comenzó porque el alcalde quiso quedarse con una playa de Río Verde que estaba en las propiedades de Jesús. El incidente en la casa de Mónica fue otra treta más del alcalde para mostrar su poder a Jesús. El alcalde metió a Jesús y a Eliseo en el cepo y los dejó en la mitad de la plaza. Allí pasaron todo el día, sin comida y sin agua. Cuando despertaron de la borrachera, el alcalde estaba frente a ellos y le dijo a Jesús:

—Hijo de puta, usted no le hace honor al nombre del Salvador –y descargó su zurriago[72] en las piernas de Jesús–. Mire a ver quién lo puede salvar.

—Compadre, coja mi cuchillo; lo tengo en el bolsillo derecho –Jesús no lo podía alcanzar porque sus manos estaban inmovilizadas, así como sus pies.

El alcalde los había puesto ante el escarnio público por perturbar el orden y la seguridad del pueblo. Mónica usó toda su influencia para que los sacara del cepo y por la noche el alcalde les dio la libertad.

—Miren a los machitos –dijo el alcalde–. La india me convenció de que la gente del pueblo se me vendría encima si no los dejaba libres esta noche. Agradézcanle a esa puta de la Mónica o si no los dejaba por los menos tres días aquí.

---

72   *Zurriago:* látigo con que se castiga o zurra, el cual suele ser de cuero o cordel.

Los policías abrieron el cepo y Jesús, como un tigre hambriento, se lanzó sobre el alcalde con el puñal de Eliseo. Le dio tres puñaladas: una en el cuello, otra en el estómago y otra en los genitales.

Jesús nunca se arrepintió de haber asesinado a la primera autoridad del pueblo. Para él era una cuestión de honor y entre hombres las cosas se arreglaban de esa manera. Estuvo una década en prisión y el día en que su mujer fue a buscarlo, más por miedo que por amor, él miró la fortaleza con un poco de nostalgia. Pero lo que más extrañaba del mundo exterior eran sus seis hijos y su vida de nómada.

CAPÍTULO IX

CARMEN

Carmen era de aquellas mujeres que no cortaban ni tampoco prestaban el hacha. Pocos hombres se fijaban en Bárbara, su hermana mayor, pero tarde o temprano terminaban echados a los pies de Carmen, como perritos falderos. Para ella era una victoria más sobre su hermana. Lo hacía por el simple placer de humillarla, porque a ninguno de ellos le paraba ni cinco de bolas[73]. Lo que no sabía ella era que a Bárbara no le interesaban los hombres. Parecía como si se bastara a sí misma por dentro y por fuera. Su presencia pasaba inadvertida en la casa, excepto en muy contadas ocasiones; por ejemplo, cuando levantaba la voz para sacar su mala leche. Sus comentarios eran más peligrosos que un chocolate crudo.

A Carmen le encantaba tener enemigas. Ella misma se encargaba de formar su propio ejército con pelotones de sentimientos mercenarios. En efecto, a sus hermanas y a mí nos consideraba sus más devotas rivales. Estaba dispuesta a hacer lo que fuera necesario para ganar hasta en las conversaciones más rutinarias.

—Jesús, tráigame unas hojas de eucalipto para hacer un sahumerio. Así podremos acabar con esta peste de gripa que hay por toda la finca –le decía a mi marido.

—Papito, no hay mejor remedio para el catarro que quemar hojas

---

73   *Paraba ni cinco de bolas:* no prestar atención (Colombia).

de ciruelo –replicaba casi de inmediato Carmen.

Pues bien, ya me había acostumbrado a que Carmen se pavoneara con todo su plumaje delante de los otros, pero me daba ira porque era incapaz de controlar su vanidad frente a su progenitor. Lo confieso: me daban celos. Entonces, para defenderme de sus ataques, yo le contaba a Jesús todo lo que ella hacía cuando él no estaba en casa. Jesús me decía que de las tres hijas que había tenido, Carmen era como una yegua trotona de pura raza. Sólo con su olor ella atraía a los machos.

—Lo que parece es una perra en calor –le contesté una vez a Jesús. Varias veces le había contado sobre las andanzas de su hija.

—Mija, esa muchacha quiere que le enciendan el tizón, no se puede luchar contra la naturaleza –Jesús agregaba entre risas–. Tengo que buscarle un marido.

Dios la había dotado de una gran hermosura pero olvidó darle sesos. Carmen no sabía leer y ni siquiera aprendió a escribir su nombre, pero no le daba vergüenza. Reconozco que Carmen era más agraciada que Bárbara, Rosario y yo. La muchacha tenía ojos color miel y su piel era tan blanca como la de Nera. Su melena renegrida y sus dientes blancos me daban envidia. Yo sabía que se los limpiaba con ceniza mezclada con soda que se la encargaba a su padre de Medellín. Siempre sonreía frente a los hombres que llegaban a la casa porque sabía que aunque sus hermanas quisieran mover los labios, se cohibían porque les faltaban algunas piezas claves de la boca. Sobre todo a Bárbara. Ella se tapaba la boca con la mano derecha cuando hablaba. Sus palabras le salían ya muertas desde las cuerdas vocales. Algún tiempo después un tegua[74], que pasaba cada tres meses por la hacienda, nos arregló los dientes a Rosario y a mí porque Bárbara no quiso que un hombre la tocara. El viejo decía que era dentista y para demostrar su talento se sacaba la caja de dientes y la mostraba como su mayor logro artístico. Yo le pagué sus honorarios con una docena de huevos, tres gallinas y un bulto de naranja.

Creía que Bárbara, Carmen, Rosario y yo pasábamos solas las noches en mi pieza cuando los hombres se internaban en las montañas. Jesús me repetía con frecuencia que cuando ellos no estuvieran cerrara la cocina a las seis de la tarde y trancara mi cuarto. Desde adentro se podían obstruir las dos alas de la puerta con una viga de roble que se

---

74 *Tegua:* dicho de un médico o dentista sin título o diploma (Colombia).

atravesaba por la mitad. Otro listón se colocaba en forma angular entre una esquina del marco del postigo y el piso. Aunque a Jesús poco le interesaba lo que nos pudiera pasar en el día, durante sus eternas ausencias, parecía que sí le importaban los fantasmas de dos patas que andaban por la noche. Él me había dicho que si escuchaba graznar los gansos por la noche cargara la escopeta y no abriera la puerta aunque la empujaran. Los gansos eran mejores guardianes que los perros porque, entre otras cosas, los caninos roncaban profundos en sus sueños o alguien los podía envenenar. ¿Quién se atrevería a atrapar un ganso en la oscuridad? Pues nadie.

Para no aburrirnos cantábamos villancicos aunque no estuviéramos en Navidad. Carmen imitaba a su padre y Rosario, a la difunta doña Virtudes. Bárbara y yo las aplaudíamos. También jugábamos a la gallina ciega y siempre le tapábamos los ojos a Bárbara. Apagábamos la vela y nos escondíamos debajo de la cama. Bárbara no podía ni siquiera agarrarnos del cabello. Ella era la más alta y sus movimientos eran muy torpes. Una noche noté que Carmen estaba muy distraída porque su mirada traspasaba los cuartones de madera que sellaban el portón. Era como si estuviera esperando una señal.

—Quiero ir a orinar afuera –dijo ella, pero fue difícil escucharla en medio de los chillidos de Rosario, que se escapaba de nuevo de las manos de Bárbara.

—Voy a la letrina –bramó Carmen.

—Jesús dijo que por la noche nadie debe salir al patio. Aquí está la bacinilla –saqué la calabaza esmaltada que estaba debajo de la cama y se la entregué.

—Ya vengo –contestó Carmen, ignorando mis palabras.

De pronto, escuché a los gansos dar su voz de alerta. Me tranquilicé porque Carmen estaba afuera. Pensé que las blancas aves de picos anaranjados no habían ignorado la belleza de la joven. Durante el largo rato que la muchacha permaneció afuera, los gansos no dejaron de cantar su polifonía de voces afónicas. Cuando por fin ella regresó de su paseo y ajustó la puerta con rabia, Bárbara se quitó la venda de los ojos y le dijo:

—Ese guaquero es un pobre diablo.

—A usted no la mira ni un duende. Vino a despedirse y dijo que vendrá por mí –le contestó Carmen.

—Ya es hora, porque si él no se apura usted se va con cualquier sacamuelas.

Ese día confirmé lo que Rosario me había dicho tantas veces: su hermana Carmen tenía amores con un buscador de oro. Jesús lo había traído a la hacienda desde Jericó.

Capítulo X

Jesús se arrepiente

Entre mis palabras de amenaza por haber torturado a Israelino y el recuerdo en mi mente de la mirada felina de Jesús, transcurrieron varios meses. En contra de los vaticinios de Bárbara, mi esposo regresó manso como un cordero. No sería la última vez que se esfumaría en los montes porque a partir de entonces me di cuenta de que su figura reposaba en el lomo de un caballo. Nuestro viaje a las nuevas tierras era sólo una muestra del botón de la vida de un hombre que roncaba a mi lado. Yo, Clara, había sido la única mujer en su existencia que había pisado su territorio más transparente y él ya estaba atado a mí como a sus sueños.

Yo no tenía que hacerlo sentir feliz para complacerlo porque nuestra alegría al vernos después de un lapso de ausencia era más fuerte que nuestros resentimientos. Al principio me daba rabia que él se fuera, que Bárbara dijera que estaba donde Mónica, que Carmen me acusara de ser una cornuda y que Israelino se escondiera detrás de las piedras cuando yo me bañaba en la quebrada. Entendí que de amor no sólo vivía el hombre, sin contar algunos casos, como el de Mónica, porque ella sí amaba a sus hombres pero les sacaba hasta la última esterlina. Mónica me daba envidia, no por ser una puta sino por ser tan libre. Las dos habíamos llegado a las nuevas tierras por el capricho de los

hombres. Ellos iban y venían de una montaña a otra como seres se-
dientos de amor. Mónica había logrado algo que yo alcanzaría sólo unos
años más tarde: la solvencia económica. Su negocio era próspero y ren-
table; el mío demandaba mucho sudor pero poca retribución.

Pues bien, Jesús se apareció con un presente entre las manos: traía
colgadas de las patas tres gallinas y un gallo. Yo despescuecé una de las
aves y le hice un caldo. A las otras dos las dejé para que compartieran
el gallinero con un gallo jefe que nos despertaba cada mañana. El gallo
no tuvo ningún reparo en reinar sobre su harén diezmado y en cuestión
de semanas y buen cuidado las gallinas comenzaron a poblar el patio,
la cocina y el establo. Yo encontraba huevos hasta debajo de la cama y
Rosario se metía entre los tablones de madera y el suelo de tierra de
los dormitorios porque allí hacían sus nidos. Los primeros que descu-
brieron los huevos fueron los perros cazadores, y fueron ellos mismos
con sus patas y hocicos que nos indicaron, desesperados, dónde se hallaban las camadas de los futuros pollitos. A la semana recogía un promedio de cien huevos, de los cuales utilizaba unos para los pericos del
desayuno y el resto, que era la mayoría, los vendía en Barcelona. La
platica la guardaba en una alcancía de guadua que Jesús me había
hecho. Él me decía que cuando ahorrara un peso no fuera a hacer lo
mismo que él cuando llegó a Medellín de la Costa: se había hecho re-
tratar en el parque y se quedó sin un real. Yo escondía mi dinero con
el de Jesús pero como sabía escribir Clara, mi nombre, siempre marcaba
mis guaduas. Como no había bancos en Armenia, nosotros metíamos
los tallos de bambú llenos de monedas debajo de los capachos[75] de
maíz. Jesús y yo sabíamos donde teníamos las ganancias en el monte.

Con mi dinero comencé a comprar gansos, patos, piscos[76] y galli-
netos. Los pavos reales vinieron después. Jesús seguía abriendo monte
con sus hijos y los peones y yo aumentaba el número de aves de corral.
Si Jesús me preguntaba cuántas gallinas tenía por cada gallo, yo le decía
que muchas. Pero llegué a completar cien por cada gallo. Sabía cuántos
pollos tenía cada una, cuántos se morían por temporada, los colores de
sus plumas y sus enemigos mortales. Las comadrejas y los ratones se
robaban muchos huevos, pero con mi escopeta logré establecer los límites.

En mi interior sabía que Jesús estaba muy orgulloso de mí aunque

---

75   *Capacho:* cubierta, hojas del maíz (Colombia)
76   *Piscos:* pavos (Colombia).

no lo dijera. No obstante, el día que le dije que me iba a comprar los derechos de los Bustamante, una propiedad al otro lado de Río Verde, lo tomó como una ofensa a su hombría. Según Jesús, yo no necesitaba otra tierra y si yo quería él me daría unas hectáreas, para eso era el dueño de casi toda la montaña. Sin que él se diera cuenta, hice el negocio y les pagué a los hermanos Bustamante con diez alcancías de guadua, doscientas gallinas y les encimé un gallo.

Al regresar de otra de sus excursiones que le tomó seis meses, no me encontró en el gallinero y Bárbara le dijo que yo me había ido para siempre. Carmen lo abrazó y le susurró al oído que tarde que temprano me iría con otro hombre. Rosario lo llamó a la cocina y le confesó que yo estaba al otro lado del río y lo estaba esperando. Jesús me trajo unas aretas de oro rojizo de Marmato que las llevé por muchos años hasta un día en que estaba esperando un taxi en la carrera dieciocho de Armenia, cerca del taller Rogers, en donde me estaban haciendo unas puertas metálicas, y un hombre me tapó los ojos. Él me llamó por mi nombre, doña Clara, y pensé que era una broma de un amigo. Sin embargo, en menos de lo que canta un gallo otro compinche del ladrón me sacó los zarcillos que mi esposo me había regalado. Yo ya estaba muy vieja para correr detrás de un recuerdo.

Capítulo XI

El restaurante

Si deseaba formar mi propia familia, debería tomar mis riesgos. Tenía veintiséis años y aún no le había dado un vástago a Jesús. Lo habíamos intentado muchas veces pero nada funcionaba. Cuando yo estaba lista, Jesús no resucitaba ni en sueños. Sus largas temporadas de ausencia hacían más difícil la concepción. Rosario me decía que la mejor manera de amarrar al hombre era con un hijo, y si quería retenerlo tarde o temprano estaba en el deber y la obligación de darle un hermanastro. Con el trajín del gallinero yo no tenía tiempo para pensar en esas cosas. Pero él me lo recordaba con rabia cuando llegaba borracho a la casa y me decía que yo no servía para nada, que era como una mula. Yo había establecido mi residencia en Los Álamos, la tierra que había comprado, y me había alejado de la casona donde todavía vivían mis hijastros. Rosario venía a verme con frecuencia y se quedaba conmigo hasta que Jesús regresaba. Una tarde Rosario traía en las manos una totuma llena de una bebida. Me dijo que eran flores de naranjo, pelos de mazorca y semillas de curuba[77] disueltas en vino blanco. Tenía que tomar el bebedizo en luna menguante para quedar embarazada. Primero le di al gallo y no se murió. Luego probé con *Limber*, el perro cazador favorito de Jesús, y le gustó tanto que me pedía cada mañana. Yo no tenía nada que perder y religiosamente empecé a di-

---

77   *Curuba:* fruto del curubo que es una enredadera de la familia de las pasifloráceas, de flores rosáceas (Colombia).

gerir la dosis antes, durante y después de la luna menguante. En verdad, el remedio funcionó y en menos de un año quedé encinta de Dionisio. No supe que estaba esperando un hijo sino hasta que Rosario me miró con picardía y me dijo que su primer hermanastro nacería en diciembre. Yo no le creí, pero mis senos me dolían y mis pies comenzaron a hincharse. A Rosario la nombré de madrina y al doctor Orozco, quien atendió el alumbramiento, le tocó ser mi compadre.

A punta de caldo de palomo que me mandaba Mónica con una de las muchachas de Barcelona me recuperé del parto porque todo había sido traumático, tanto para mí como para el bebé. Mi mente seguía en el gallinero, en las cocheras y en las caballerizas, pero mi cuerpo estaba extendido y en reposo. La hemorragia me había dejado casi anémica y no pude alimentar al crío. Jesús contrató una nodriza y las otras sirvientas se hicieron cargo de la casa. El cura nos casó en mi lecho y don Ruperto, el notario, tenía mi testamento: los herederos de mis bienes eran mi hijo y la iglesia de Angelópolis. Jesús sería el albacea hasta que Dionisio cumpliera su mayoría de edad. Nunca había visto a Jesús tan acongojado y contento a la vez. No sé si estaba alegre ante la posibilidad de mi defunción y un nuevo hijo en su haber o si su pena era porque de verdad me quería. En uno u otro sentido, no les di el gusto a mis hijastros y me recuperé en menos de lo que canta un gallo.

Jesús se enloqueció con nuestro hijo. Permanecía más tiempo con nosotros y sus viajes eran más cortos. Incluso se quedó una Semana Santa en Los Álamos, que era una de sus épocas preferidas en el monte, donde se iba a ver alumbrar las guacas. Luego del primer año de Dionisio y cuando quedé de nuevo esperando otro hijo, Jesús volvió a sus andanzas pero con menos regularidad. El segundo embarazo se malogró porque la niña nació muerta. Yo la bauticé con el nombre de Eloísa, como se llamaba mi madre, y la enterré en un cofrecito blanco. A partir del tercero mi cuerpo se acostumbró a la maternidad anual y tuve hasta mellizos. En total, completé cinco varones y otra hembra, que la tuve cuando cumplí los cuarenta años.

La casa se fue inundando de niños y la presencia de mi marido ya no ocupaba mis noches de desvelo. Además del negocio de las aves abrí un restaurante y ya no me quedaba tiempo ni para peinarme el cabello, que no había cortado por años. Me amarraba la pañoleta en la cabeza

y a las cuatro de la mañana ya tenía listos el tinto y las arepas. Los plátanos maduros ya estaban en la parrilla y ya había picado el revuelto
para los fríjoles del almuerzo. Las puchas de fríjol se ponían a remojar
el día anterior con el fin de ablandarlos. Eva, la guisandera[78], y las otras
sirvientas se levantaban a las cinco y me reemplazaban mientras yo ordeñaba las vacas. Todas trabajábamos por parejo hasta las siete, cuando
se despachaban las últimas comidas.

Eva había estado conmigo desde que me vine para Los Álamos.
Clímaco, su marido, era un arriero y se emborrachaba más que Jesús.

—Si me doy cuenta de que me traicionás mientras estoy en Salento,
no quedás viva ni para contar el cuento –le decía el Clímaco a Eva.

Yo lo oí. Pero la pobre era tan poco agraciada que podría pasar
desnuda ante un pelotón de leñadores y saldría incólume. Un día, unos
arrieros que pasaban por la fonda la vieron en la puerta de la cocina y
le preguntaron:

—Señorita, ¿venden ustedes carne?

—Don, esto es un restaurante –contestó Eva. Los taladores soltaron
risas maliciosas.

—¡So pendejo! ¿Qué le hace pensar que esta fonda sea una carni-
cería? –les inquirió con rabia.

—¡Ah!, como vimos esa sarta de huesos colgados en el portón –uno
de ellos la señaló con el hacha que llevaba en la mano—, entonces
creímos que usted era el esqueleto de una vaquilla que tenían colgada
para la venta –dijeron los leñadores, que tuvieron que salir corriendo
porque ella les tiró agua hirviendo.

En verdad, daba lástima mirar a Eva porque parecía que tenía un
ojo en la mejilla y la nariz pegada de la frente. Además, tenía las asen-
taderas resecas de tantas muendas[79] que le había dado el marido.

Evita y Clímaco tenían dos niñas, de cuatro y cinco años, que jugaban con mis hijos mayores. Ella era muy juiciosa y tomaba el mando
de la cocina cuando yo me iba para Armenia los domingos a vender
los quesos y los huevos. Yo había comprado mis vacas lecheras y Jesús
me había regalado unos potros que él mismo había domado. Mi caballo
lo conseguí en una feria en Barcelona y aprendí a montar mejor que
Jesús.

Un domingo que regresé del pueblo a las ocho de la noche, las otras

---

78 *Guisandera*: persona que adereza dispone y da sazón a la comida.
79 *Muendas:* golpizas, azotes.

sirvientas me esperaban en el portal del restaurante. No vi a Eva y pensé
que ya había dado a luz su tercer hijo. Cuando entré en la cocina, los
perros y una marrana lamían los coágulos de sangre que brotaban de
la panza de Eva. En efecto, el desgraciado de Clímaco le había clavado
una daga en el estómago y Eva se desangró. De su rostro se desprendía
una sensación de alivio que no había visto antes en un ser viviente. Pero
su fealdad había aumentado con los ojos abiertos y los pocos dientes
que no le había tumbado el marido. Eva tenía sólo los colmillos porque
el arriero le daba trompadas cada vez que llegaba con una rasca[80]. Al
final, Eva únicamente se alimentaba con migas de buñuelos en chocolate caliente porque no podía masticar. Al Clímaco le echaron mano
cuando huía por las laderas de Salento. Según las noticias que me trajeron los otros arrieros, la mató porque él suponía que no era el padre
del hijo que iba a tener Eva. Pero a la pobre Eva no le entraba ni una
nigua[81]. Yo habría puesto las manos en el fuego para demostrar su fi-
delidad.

Lloré la muerte de Eva como si fuera mi hija Eloísa, hasta que nacieron los mellizos. El doctor Orozco me mandó a tomar altamisa y me
advirtió que estuviera preparada para lo peor. Fabio y Octavio nacieron
con un soplo en el corazón. Los alcancé a bautizar en una bandeja de
plata y le rogué a Dios de rodillas que no se los llevara. Sin embargo,
Fabio murió a los tres meses y Octavio me dio la alegría de tenerlo vivo
por trece años.

Después de mucho tiempo, no recuerdo haber sentido tanta paz interior como la que viví durante esos años en el restaurante. No me
sentía culpable por haber abandonado a mi tía y a Antonia, tampoco
quería regresar a Angelópolis porque nadie me recibiría con hijos en
ninguna parte. A pesar de que había sido casi imposible tener noticias
de mis familiares por las distancias, supe que mi tía había fallecido y
que mi hermana tenía un reguero de niños. Con algunos arrieros le
mandé varias razones a Antonia para que viniera a vivir conmigo, pero
ella no quiso dejar el pueblito. En cambio, mi prima Venicia aceptó la
oferta y llegó a la finca con su marido.

Mi vida estaba aquí con mis niños, mis gallinas, mis marranos, mis
vacas, mis yeguas y mi negocio, el restaurante de Río Verde. Ya me
había instruido en cómo tenerle menos miedo a mi marido. Jesús era

---

80   *Rasca:* borrachera, efecto de emborracharse (Colombia, Venezuela)
81   *No entrarle ni una nigua:* ningún hombre se interesaría en ella, en acostarse con ella.

como uno de sus sabuesos cazadores, que se contentaba cuando agarraba la presa. Mi marido sabía que por más que intentara dejarlo, ya era demasiado tarde para huir de mí misma.

El restaurante era como otro hijo, pero me hacía correr más que los míos propios. La ubicación era perfecta porque estaba al borde del río y era un cruce de caminos entre todas las montañas vecinas. Por allí tenían que pasar los ingenieros con sus tropas de mulas, carpas y obreros que abrían la carretera hacia el Valle del Cauca. Mi restaurante se convirtió en un paso obligado de los leñadores, los cazadores, los guaqueros y los primeros colonizadores de aquellos montes.

Los fines de semana llegaban bañistas de Calarcá. Mónica movilizaba a su personal de Barcelona para que tomara el sol y estuviera fresco para sus clientes. Algunos de los turistas se dedicaban a la pesca y otros se metían al río para espiar a las muchachas de Mónica. El restaurante tenía su propia playa y aunque algunas familias traían sus fiambres, no dábamos abasto con los chuzos[82], las arepas con queso, las empanadas[83], los buñuelos[84], los tamales[85], la rellena[86] y la fritanga[87]. Todo se vendía y Mónica me agradecía por permitir que sus muchachas usaran la playa.

La música no faltaba en las tardes de sol y en las noches yo disfrutaba los libros que el doctor Orozco me traía de Medellín. Leía en forma muy lenta porque no entendía todas las palabras y cuando él venía a ver a los niños, por un sarampión o viruela, yo sacaba la lista de nombres raros y él me explicaba los significados.

Jesús no sabía leer ni escribir pero era un as para las cuentas. Míster Bremer sí entendía de letras. Él era un topógrafo que llegó a estas tierras enviado por el gobierno central. Decía que había tenido que salir de su país durante la guerra disfrazado de monjita carmelita porque lo iban a meter a la cárcel. Su esposa y sus dos hijas ya habían muerto. Las religiosas lo habían escondido en el convento y lo ayudaron a llegar a España a través de Francia. En un puerto de nombre Vigo se había

---

82 *Chuzos:* pincho, pedazos de carne asados y ensartados en un palo delgado de madera o una barra de metal.

83 *Empanada:* masa de maíz rellena de carne que se mezcla con cebolla y otros condimentos. Puede llevar papa o arroz. Se fríe en aceite muy caliente.

84 *Buñuelos:* bolas pequeñas hechas de masa de harina de maíz, queso, huevo, agua para remojar la masa, y un poco de bicarbonato de soda. Se fríen en aceite muy caliente (Colombia).

85 *Tamales:* del nahua *tamalli.* Especie de empanada de masa de harina de maíz, envuelta en hojas de plátano, y cocida al vapor o en el horno. Los hay de distintas clases, según el relleno y los ingredientes que se pongan en su interior. Pueden llevar pollo, carne de res o cerdo, huevo, papa y/o verduras.

86 *Rellena:* morcilla.

87 *Fritanga:* distintos tipos de carnes asadas o fritas.

embarcado y llegó hasta Venezuela. No sé qué lo atrajo del lugar
porque se estableció en una casita al lado del restaurante, donde venía
a comer todos los días. Yo le preparaba lo que a él le gustaba. No comía
chicharrón ni tamales con carne de cerdo y tomaba la mazamorra[88]
sin leche. Yo le hacía sudados de pollo[89] y pescados sin aletas. Aparentaba más años de su edad y parecía que siempre había sido viejo.
Era un poco miope y los granos de arroz se le quedaban en la barba.
Él tenía un acento muy enredado pero se le entendía todo lo que hablaba en español. A él fue a quien le vi el mismo libro que leía Nera.
Ella guardaba entre sus hojas las fotografías de su madre. Era el *Fausto*
de un tal Johann Goethe y míster Bremer me dijo que estaba escrito
en alemán.

Una vez Mónica me preguntó que si era verdad que míster Bremer
leía libros malos. Yo sé que Mónica había regado el rumor de que
míster Bremer era un enviado de Satanás porque no visitaba ni su casa
ni la de Dios en Barcelona. En verdad no se cambiaba su saco de levita
negro. Creo, además, que no se metía al río y por eso su olor a azufre
lo perseguía a todas partes. Siempre que llegaba a mediodía al restaurante las empleadas corrían a la cocina con la nariz tapada y me decían:

—Doña Clara, el diablo la está esperando.

Míster Bremer no era consciente de su hedor y a mí no me importaba, pues era un comensal que pagaba puntualmente cada mes y
sus conversaciones me entretenían.

Él se quedaba hasta el amanecer al lado de un candelabro de siete
velas de sebo leyendo periódicos y libros que recibía de Europa cada
año. Yo lo veía desde la cocina del restaurante cuando me levantaba
en la madrugada a colar el café. Me prestaba algunas de sus lecturas y
cuando le llegaban libros de España me los obsequiaba. A veces me en-
señaba mapas que desdoblaba como si en su interior se encontraran vasijas de barro llenas de oro. Otros los abría con manos cuidadosas de
comadrona: cortaba el cordón que amarraba el rollo y extendía el pliego
en el suelo como un tapete de beduino. Unos contenían planos de ciudades en el desierto; otros, fachadas de templos griegos y acueductos
romanos. Pero el que guardaba con más recelo y que me mostró como
si fuera su mayor secreto fue un mapa del Camino de Santiago.

—Señora, este lo hice yo –me susurró en el oído–. No le diga a

---

88   *Mazamorra:* comida hecha a base de maíz y se prepara en América de diversas formas.
     El maíz cocido se mezcla con leche y se toma con algo dulce (Colombia).

89   *Sudado de pollo:* el "sudado" es un método de cocción en un líquido que está ligera-
     mente por debajo de su punto de ebullición (85° - 95° C, para el agua). Los diversos
     "sudados" son guisos cocidos a fuego lento, típicos de la cocina hispana.

nadie que no soy católico, pero creo que el mártir Santiago me salvó la vida.

Sin duda, él mismo había dibujado el recorrido y con el dedo me señalaba los lugares por los cuales había pasado.

—Me demoré varios meses porque caminé desde la frontera francesa hasta llegar a Santiago de Compostela. Mis pies se reventaron y en el camino me curaron las heridas. No sé ni cómo llegué vivo hasta el sepulcro del santo.

Pues bien, lo cierto –que pude comprobar después– fue que míster Bremer tenía un primo diplomático en Bogotá. Por intermedio de su pariente alemán en la capital había logrado conseguir un trabajo con una compañía que se dedicaba a la construcción de vías en Suramérica. Así pues, él había llegado a las tierras nuevas con los ingenieros que abrían las carreteras. Su misión era hacer un mapa de los Andes colombianos. De su sabiduría no tenía la menor duda, pero de sus intenciones no estaba muy segura. En días de calor, en que las bañistas se ponían sus chingues[90] para refrescarse en el río, míster Bremer no se quitaba de su ventana y desde allí pasaba horas con sus binoculares observando cada movimiento femenino. Una vez le dije en broma que no me espantara al personal y él me respondió que estaba midiendo los tramos de Río Verde.

Con el paso del tiempo, todos nos acostumbramos a la presencia y al olor de míster Bremer. Era un hombre inofensivo y sus placeres no perjudicaban a nadie. Al atardecer, cuando yo no tenía gente para alimentar, él pasaba al restaurante y escuchaba las hazañas que se contaban en el comedor. Una mesa larga de madera albergaba treinta comensales. Los invitados a la sesión de cuentos eran los ordeñadores, las cocineras, los leñadores, los andariegos, el mayordomo, sus hijos y los míos. Jesús se deleitaba al escuchar que el público se reía o se asombraba ante sus anécdotas. Yo comprendía que la mayor parte de su vida se la había pasado diciendo monólogos. Muchas veces llegué a pensar que se iba al monte para inventar su propia vida. Los perros se echaban en el suelo y roncaban a pesar de las carcajadas.

Dionisio, Leonardo y Octavio se sentaban junto a mí y me apretaban los brazos porque les daba miedo cuando Eva decía con toda naturalidad que una vez se fue a buscar leña y se perdió en el monte, pero

---

90 *Chingues:* Trajes de baño (Colombia).

se encontró a un señor muy buen mozo que le indicó la salida del bosque. Ella le tendió la mano para darle las gracias y notó que el hombre estaba helado. Cuando volvió a la casa le contó a su mamá lo sucedido y le describió la apariencia del señor. La madre se puso a rezar porque pensó que era su difunto marido, que había fallecido cuando Eva tenía un año.

Jesús se sentaba en la palabra y repetía sus aventuras, por ejemplo, la de una culebra que mató porque se tragaba los terneros enteros. Decía que su abuelo peinó el caballo blanco del general Santander[91] y que cuando estaba pollo[92] tuvo que atravesar nadando un río de dos leguas de ancho y una raya lo picó. Contaba cómo lo adiestró un indio del Chocó en el arte del rezo. Cuando no podía curar el ganado con sus hierbas, él mismo lo rezaba y las vacas se curaban. En la oscuridad todos éramos iguales y el poder se medía en la habilidad de contar el mayor número de cuentos. Jesús siempre ganaba, no sé si porque la servidumbre quería sus favores o porque sus mentiras eran tan verosímiles que ya no interesaba la diferencia entre la realidad y la fantasía.

Su encuentro con el duende era famoso en la región: se había ido a ver alumbrar los entierros y las guacas en una Semana Santa; su caballo no quiso pasar una quebrada por donde tenía que cruzar y paró en seco. Al otro lado de la orilla había un niño negrito y desnudo que bailaba. Jesús se bajó de la bestia, se quitó la ruana, la extendió en el rastrojo y se arrodilló. Hizo la señal de la santa cruz con el machete sobre la ruana y le preguntó al duende qué quería. Este muchachito le sonrió y siguió su danza. Jesús sabía que donde había duendes no faltaban guacas. Se bajó la bragueta, orinó en la mano izquierda y le tiró los restos del líquido al duende. De hecho, había aprendido con los chocoanos que la manera de quitar un espíritu maligno del camino era con orines. El duendecito desapareció y un sábado santo Jesús halló en el mismo lugar una tumba indígena, pero el oro ya se lo habían llevado.

Por otro lado, yo sí había visto la candileja con mis propios ojos. Yo venía de Barcelona en mi caballo y el firmamento estaba despejado. Re-

---

91   *Francisco de Paula Santander* (1792-1840): político y general colombiano. Nació en Rosario de Cúcuta; estudió jurisprudencia y en 1810 se puso al servicio de la emancipación. De tendencia federalista, se opuso a Antonio Nariño y a pesar de los reveses sufridos en 1813, se mantuvo al frente en los Llanos Orientales. En 1816 se incorporó al ejército de Simón Bolívar y ganó las batallas de Paya, Pantano de Vargas y Boyacá. Elegido vicepresidente de Cundinamarca de 1819 a 1826, discrepó con Bolívar y promovió la rebelión contra él. Condenado a muerte, su pena fue conmutada por la del destierro. Fue presidente de Nueva Granada de 1832 a 1837. Murió en Santa Fe de Bogotá.
92   *Estar pollo:* joven.

cuerdo que hacía mucho calor y me quité la pañoleta para refrescarme. No me hacía ni pizca de gracia que me cogiera la noche en la trocha porque ya me habían asaltado en el camino y me habían quebrado una mano. No obstante, podía ver el techo del restaurante desde la loma y el río, que en la oscuridad parecía un cordón de plata. Por un momento pensé que me venían siguiendo y detuve la marcha. Miré alrededor y escuché los aletazos de los murciélagos en los palos de guanábano. Proseguí el camino y empuñé mi revólver, que lo tenía en el bolsillo de la falda. Cuando miré para atrás por última vez, vi que una bola de luz del tamaño de cien pailas me perseguía. Por instinto, el caballo comenzó a correr desbocado. La luz era tan rápida que voló por encima de mi cabeza y cuando la vi delante de mi caballo se dividió en dos lucecitas. No entiendo cómo llegué al restaurante, pero el caballo me descargó en el portal. Al día siguiente los peones me contaron que la candileja había pasado por Río Verde. Según ellos, era una madre en pena que había matado a sus dos hijos y estaba privada del sueño hasta el fin de los siglos.

Míster Bremer me advirtió que lo que yo había presenciado era la explosión de la estrella Nan que, de acuerdo con sus cálculos, estaba a un millón de años luz de la Tierra. Yo veía que el sol salía todos los días a la misma hora, que la luna menguante era la mejor época para sembrar café y que las estrellas no se movían del cielo. En los últimos años, míster Bremer pasaba horas observando las constelaciones. Después de la sesión de cuentos en el restaurante, se iba al patio y se sentaba con sus binoculares. Entre los textos que me dejó cuando se marchó por la violencia en las montañas, descubrí su manual de astronomía. Allí leí que nada era permanente y que todo estaba en continuo movimiento.

CAPÍTULO XII

ISRAELINO

Israelino era como una copia de Jesús pero más alto y de tez blanca, heredada de doña Virtudes. Sacó su mirada, sus gestos, su voz, su arrogancia y su altanería. Tenía una docena de hijos regados en Armenia, Calarcá y Barcelona, y en las fincas de su padre. Sus mujeres venían al restaurante con los niños en brazos para pedirme plata y a veces trabajo. Horalia fue la única que se quedó en el restaurante con su mocosita porque las otras cuatro no aguantaron el ritmo de trabajo. Israelino vivía en Caicedonia con una de las muchachas de Mónica y ya la tenía embarazada. Padre e hijo no se habían dirigido la palabra por muchos años. Parecía que el odio de todos los hombres se había metido por las venas de padre e hijo. Pero un tres de mayo se volvieron a ver frente a frente.

Israelino venía a menudo al restaurante en un Ford último modelo, atestado de putas y aguardiente. En la capota del automóvil instalaba un gramófono que no se callaba sino hasta el amanecer. Desde el interior le gritaba por la ventanilla a su padre que era un asesino y un ladrón porque se había quedado con la herencia que le correspondía de su madre. Los escándalos se hicieron más frecuentes y Jesús había envejecido sin darme cuenta. Muchas veces tuve que contener la ira de mi marido ante tal humillación. Cerraba todas las puertas del restaurante con trancas para no dejarlo salir. Una vez tuve que amenazarlo y le dije que si cruzaba la puerta para enfrentarse de nuevo con su hijo no me volvería a ver, ni a los niños tampoco. Pero yo sabía que su amor propio era más fuerte que la súplica de su mujer. Un tres de mayo no pudo aguantar más los gritos de su hijo, que lo retaba desde afuera.

—Clara, no me voy a esconder debajo de sus faldas –me dijo él–. De una vez por todas voy a arreglar este asunto de hombres.

Me tranquilizó el hecho de que no cargara su escopeta, pero tenía la misma mirada que ponía antes de una cacería. En este caso se metería al ruedo a coger el toro por los cuernos. Jesús conocía cada pensamiento de su hijo y luchar en contra de él era como sostener una batalla consigo mismo. Lo que más le horrorizaba era verse como en un espejo, pero su hijo era la imagen deformada de él mismo. Su hijo se había destruido por tratar de competir con su padre. Quiso poseer más trofeos de cacería que su padre, más caballos, más mujeres y más hijos. Hasta cuando se iban juntos a la casa de las putas apostaban quién tenía el pene más largo. El jurado era Mónica y Jesús me había contado con una sonrisa victoriosa que Israelino lo tenía muy chiquitico.

Algo que no me dejaba dormir, además de la música que salía por el parlante del gramófono de Israelino, era que él también andaba armado. Cuando Jesús quitó la tranca de madera para responder a los ataques de su hijo, cogí mi revólver y encerré a mis hijos en otro cuarto. Lo cierto es que yo también estaba cansada de escuchar improperios en mi contra. Según Israelino, el viejo se gastaba su plata y la de sus hermanos con una mujer que parecía su hija. Yo no le pedía nada a Jesús porque con las ganancias de mis negocios podría mantener a mi familia y darles de comer a todos los hijos de mis hijastros. Los gallineros, las lecherías y el restaurante me habían proporcionado mi fortuna. Mónica me había alquilado la mejor casa que yo había comprado en Barcelona. Ella había dejado ir a las muchachas y había cerrado las puertas de la cantina. Se había dedicado a bordar manteles y hacer caramelos para los niños huérfanos. Comentaban en el pueblo que uno de los chiquitos que ella cuidaba en casa era hijo del párroco y de una de sus pupilas. Y cuando el río suena, piedras lleva. Un día, que fui a cobrarle el arriendo, me hice la boba y le pregunté por la salud del cura. Entonces ella me respondió entre puntada y puntada:

—Doña Clara, el señor cura está muy bien. Él está muy encariñado con su mocoso, pero no le dará el apellido. Él me da platica para el niño y quiere que vaya a la escuela. ¡Ah!, dígale a Israelino, su hijastro favorito, que no se haga el pendejo y me mande mercado para su hija, que también la tengo aquí.

Mi dinero no lo había encontrado detrás de una puerta sino que era la suma de miles de madrugadas, de más de un millón de arepas que hice en mi vida. Mi fortuna era el resultado de la lucha constante, de ayudar a las vacas para que parieran, de ordeñar todas las tetas del mundo hasta que mis manos se encallecieron. Jesús era mi hombre, pero yo no era una pechugona como Israelino me decía.

Pues bien, mi marido no se dio cuenta de que yo le seguía los pasos. Jesús lo llamó por su nombre completo:

—¡Jesús Israelino!

Llovía y desde afuera no se podía ver muy bien porque el aliento de su voz había empañado todos los vidrios. El limpiaparabrisas se movía con la misma lentitud que las palabras de Israelino. Esta vez Israelino andaba sin compañía y con la cabeza a punto de caer sobre el timón. Jesús le abrió la puerta del chofer, lo cogió de las solapas del saco y antes que Israelino clavara su cabeza en la bocina del coche, le dijo a Jesús entre lágrimas:

—Sos un hijueputa.

Israelino estaba embriagado, como de costumbre.

Ese tres de mayo el río se desbordó y se llevó el Ford con Israelino, que se había quedado dormido adentro. Cuatro días más tarde los trabajadores encontraron el coche en uno de los potreros de la hacienda por donde pasaba el río. Cuando sacaron a Israelino de su asiento, los peces y los gusanos ya le habían comido media pierna. El doctor Orozco le salvó la vida pero Israelino perdió la extremidad derecha. Luego del incidente con su padre, Israelino se recluyó en una casucha en Caicedonia, donde yo iba a verlo sin que Jesús lo supiera. Allí vivía con una mujer y su niña. Con el tiempo le aseguré una de las propiedades que tenía allí. Aun después de la muerte de Jesús lo visitaba. No usaba silla de ruedas ni tampoco le gustaba que lo trataran como a un inválido. En la sala de su casa tenía un sillón y allí se la pasaba la mayor parte del tiempo. Con el accidente, sus pulmones también habían resultado afectados. El asma se convirtió en una enemiga peor que la cojera misma. Él no me preguntaba por Jesús ni yo tampoco le decía cómo estaba. Padre e hijo serían enemigos hasta el día de la muerte.

Capítulo XIII

Rosario

Mi hijastra Bárbara se quedó solterona, Carmen se fue con un guaquero y Rosario se casó con uno de los ingenieros que construían la vía al Valle. Rosario fue la niña consentida de su primer matrimonio. Ella y yo habíamos crecido juntas y nunca dejó de asombrarme su lucidez. No obstante, cuando se convirtió en toda una mujer perdió el encanto. Sus palabras se volvieron áridas como el rescoldo de un fogón de leña, hasta que apareció míster Stilman. Ella había sido más que una entenada para mí porque siempre la traté como a mi hermana y le perdonaba sus celos infantiles. No se parecía a su padre, excepto cuando se enfermaba porque ambos pensaban que una gripa era como el fin del mundo. Rosario se quedaba en cama y yo le llevaba miel caliente con limón. Desde que vivía en Los Álamos, Rosario pasaba más tiempo conmigo y se fue alejando poco a poco de sus hermanos mayores. Carmen decía que era un artificio de mi parte para usar a Rosario en contra de ellas. Pero no era necesario porque ellas mismas se encargaron de su propio destierro. A medida que Rosario fue creciendo, los recuerdos de su madre comenzaron a borrarse como las palmas de cera que se perdían en la bruma de las montañas. Jesús le había dicho que si escuchaba el nombre de Virtudes en boca de Rosario, la mandaría de nuevo con sus hermanas a la casona. Rosario optó por quedarse con nosotros y trabajar en el restaurante. Sin embargo, las prohibiciones de su padre no le impidieron comunicarse con su madre a través de sesiones de espiritismo. Doña Emperatriz Quiceno era la vecina, dueña de la hacienda La Esperanza. Doña Emperatriz tenía una lechería más pequeña que la nuestra y yo le alquilaba potreros para alimentar su ganado. Yo había escuchado que doña Emperatriz invocaba los espíritus y un día que vino a visitarme le dije que si podía conversar con mi madre. Ella me contestó que primero debía tener mucha fe. Era cuestión de oír lo que uno quería pero le propuse que me invitara una noche, cuando Jesús se fuera de cacería. Rosario fue la primera en ensillar su caballo porque estaba tan ansiosa como yo. Ella ya había participado antes en las sesiones, pero quería que yo le confirmara sus propias alucinaciones.

Cuando llegamos a la lechería, sólo se vislumbraba la llama de una vela de sebo en la mitad de una mesa redonda. Doña Emperatriz estaba apoltronada en un taburete a punto de descuajarse. Nosotros nos sentamos alrededor y cuando le pregunté a Rosario quiénes eran los otros que estaban en la mesa, ella puso su dedo en la boca y me calló como a un perro. Al comienzo no reconocí a nadie por la oscuridad, pero luego me di cuenta de que míster Bremer y míster Stilman, el ingeniero de carreteras, también participaban en forma secreta en las reuniones. Mientras doña Emperatriz preparaba al médium, que era un hombre que nunca había visto en la región, me preguntaba cómo era que míster Bremer, un hombre tan sabio, se dejaba embaucar por una vieja loca. Pero yo sí sospechaba la razón por la cual míster Stilman, el ingeniero, se prestaba a estos juegos. Desde que había llegado a comer al restaurante con la comisión de los constructores de la vía al Valle, le había puesto el ojo a Rosario y yo le daba las cartas que él le enviaba. Jesús no dejaba que nadie se acercara a su hija. Yo le leía a Rosario los mensajes porque ella era muy cegatona. También le contestaba las notas de acuerdo con lo que me dictaba, pues no quería que él se percatara de su mala ortografía. En algunas ocasiones cambiaba lo que ella me decía porque no tenía ni pies ni cabeza si se trataba de ponerlo por escrito. Yo le había enseñado a Rosario el abecedario y las operaciones aritméticas, pero no tenía buenas dotes de maestra porque mi alumna no había aprendido a usar la be de burro ni la ve de vaca.

Pues bien, el médium parecía tísico y sólo dejaba de toser cuando un espíritu se posesionaba de su cuerpo enclenque. Esa noche doña Emperatriz no pudo invocar a su marido para hacer una demostración porque el médium convulsionó. Doña Emperatriz cesó sus actividades de concentración porque, según ella, uno de los invitados tenía un muerto a sus espaldas. Éramos ocho personas y había un asesino dentro del grupo. Míster Bremer me miró con estupor y vergüenza. Rosario me apretó la mano con fuerza y se desmayó. Jamás pude comprobar lo que se dijo esa noche en la lechería, pero siempre tuve la sospecha de que la misma doña Emperatriz fue la que envenenó a su marido para quedarse con uno de los peones de la hacienda. Rosario me había contado que el médium había sido un jornalero de confianza de don Juan, el marido de Emperatriz. Rosario había oído a través del peón, ahora convertido en el médium de doña Emperatriz, la voz de Virtudes. La madre de Rosario le decía que estaba sufriendo en el purgatorio.

Míster Stilman se reía de los disparates de Rosario. Sin duda, los dos hacían muy buena pareja. Yo convencí a Jesús de que era mejor que los dos enamorados se vieran en el restaurante y no en sesiones de espiritismo. Al principio el viejo se mostró muy renuente porque, entre otras cosas, creía que los extranjeros se casaban con su misma gente. Él suponía que esto era sólo una aventura; él conocía a los hombres de su clase. Pero míster Stilman se mostró muy serio y habló con Jesús sobre sus intenciones con su hija. Rosario no era una muchacha atractiva, pero desde que había conocido a míster Stilman había encargado una tela rosada y un lápiz labial rojo a don Omar Ozman, el vendedor que pasaba por todas las haciendas ofreciendo las últimas novedades que llegaban de Medellín. Pero lo que Ozman nos mostraba como original, en París, Madrid o Londres ya había pasado de moda hacía diez años. A mí me importaba muy poco porque para trabajar sólo necesitaba dos mudas. No obstante, de vez en cuando me compraba mis telitas.

Rosario había visto en una revista americana que le mostró su novio, la fotografía de una actriz llamada Bette Davis vestida con un traje nupcial. Yo le cosí un vestido blanco de bodas parecido al que ella vio en la revista y le regalé una cobija de lana ecuatoriana. Jesús le consiguió unos zapatos negros en vez de blancos, ya que los necesitaría para el viaje. No le arreglé un velo tan largo como el de la estrella de cine porque no me alcanzó la tela, ni tampoco la dejé usar perlas porque traían mala suerte. Mandé a los peones al monte para que me trajeran orquídeas, que combiné con mejorana. El buqué no salió como yo quería, pero Rosario tuvo flores en las manos para ese día.

Yo estaba tan contenta como si fuera mi propia boda. Yo misma zurcí mi ajuar; lo hice con dos yardas de una seda color verde esmeralda que tenía guardada en un armario. Hacía mucho tiempo que había comprado la tela al contado con mi propio dinero a don Omar, el vendedor. Le pedí prestada la revista a míster Stilman y calqué algunos modelitos. En verdad, el que más me cautivó fue el de una mentada Mary Duncan: el vestido era tubular; le colgaba muy bien desde los hombros hasta un poco más abajo de las rodillas. No llevaba mangas y a la Duncan le quedaba de película porque era muy delgada. Yo tuve que hacer mis ajustes porque mis pechos eran enormes. Habían aumentado con los embarazos y mis caderas eran más amplias. Me favorecía mi estatura y aún no tenía várices.

Mi vestido verde esmeralda disimuló mi busto y otras protuberancias. Le agregué mangas hasta el codo; lo corté hasta el tobillo porque Jesús jamás me habría permitido mostrar uno de mis mejores atributos: mis piernas. Aunque prefería estar descalza en la casa porque siempre tenía los pies hinchados, el día del matrimonio de Rosario estrené unos zapatos de tacón de color crema que combinaban con la pamela aguadeña. Con un pedazo de seda que me sobró de la pieza, hice una flor y se la puse al sombrero. Así mismo, usé guantes del mismo tono de los zapatos, pero me los quité después de la ceremonia en la iglesia de Barcelona para ocuparme del festín. Doblé mi vestido verde esmeralda, lo envolví en un papel transparente que míster Bremer me había dado para forrar los libros, le puse unas bolitas de naftalina para las polillas y lo guardé dentro de una talega. No volví a usarlo, ni tampoco a ponerme los zapatos nuevecitos. Me tallaban hasta el último juanete.

Para la fiesta, preparé cien tamales de gallina y marrano. El consomé de pollo y las arepas no faltaron para los trasnochados. Mi comadre María Torres preparó el ponqué en Calarcá porque yo no sabía nada de repostería. Jesús asó tres lechones y trajo tipleros[93]. Los festejos duraron tres días y al final tuve que echar a los invitados.

Cuando el ingeniero culminó el tramo de carretera en aquella región, se la llevó a Buenaventura. De allí tomaron un barco rumbo a Perú y luego a Chile, desde donde me enviaba cartas y me contaba sobre su nueva vida. Jesús se acongojó por unos días, pero se sobrepuso y se alegró de nuevo como un niño. El viejo celebró la partida de su hija con otro lechón asado y trago para todos los peones. Rosario era el gozne que lo amarraba al fantasma de Virtudes, y con su partida se desprendía de lo poco que lo ataba a su familia anterior.

Los dos estaban enamorados hasta los hígados, pero a Rosario no le gustaba la idea de alejarse de su padre y menos abandonar el país. Ella era más porfiada que un caballo viejo, sin embargo yo la persuadí y le dije que un extranjero la trataría mucho mejor que uno de nuestros paisanos. Míster Stilman no fumaba, tampoco tomaba y parece que ella fue la primera novia.

—Mijita, no sea bobita. Uno como éste no se consigue ni mandado a hacer; deje de bobear y váyase con él –yo le decía todos los días.

Rosario no tuvo que recurrir al bebedizo de flores de naranjo como el que yo tuve que tomar para quedar encinta. En Valparaíso le nacieron gemelas, igualitas al padre y con el carácter taciturno de la madre. El gobierno chileno le dio un contrato permanente a su marido para que trazara caminos en aquellas provincias. Debido a la naturaleza de su trabajo, Rosario pasaba sola largas temporadas porque él tenía que ausentarse con frecuencia. En su correspondencia, plagada de errores, me comentaba que ella creía que él veía a otra mujer porque cuando regresaba la trataba demasiado bien. Míster Stilman tenía la quijada de un mulo, aunque sus ojos celestes le daban un aire angelical. Su cuerpo expedía olor a cuajada y sudaba hasta cuando iba al baño en las noches. Rosario me lo había dicho, pero yo ignoraba sus pendejadas.

Míster Stilman era tan feo que ni las muchachas del burdel de Mónica le preguntaban la hora cuando lo veían en las calles de Barcelona, porque no se les escapaba ningún pecador. ¡El pobre! Definitivamente, Dios no había tenido compasión y había descargado toda su ira divina sobre él.

¡Calle la boca!

---

93   *Tiplero:* músico que toca el tiple, un guitarrillo de voces agudas.

Cuando lo vi en la sesión de espiritismo en la finca de doña Emperatriz, pensé que el americano se asemejaba a Fierabrás en pelota. Era por eso, y otros detalles más que no cuento por pudor, que no me cabía en la cabeza que otra mujer, aparte de su esposa, se atreviera a acostarse con él. A Rosario no le molestaba su fealdad y por el contrario ella lo veía como la imagen del Salvador que tenía en la sala: el Señor estaba de perfil, con una nariz muy recta y el cabello dorado caía sobre los hombros. Su bigote estaba recortado con la precisión que daban las tijeras de un barbero de pueblo y no las pinceladas de un pintor anónimo. La barba era más abundante y limpia que la de míster Bremer.

Esa cara blanca de Jesucristo y ese cuello musculoso, que inspiraron los sueños del pintor, no pertenecían a los de un hombre de estas tierras. Se notaba que el artista se había preocupado por darle un aire familiar. Nuestro Salvador parecía recién bañado y perfumado, listo para montar su caballo y largarse por el mundo. La mirada de un ojo azul se dirigía hacia la derecha del marco dorado. No importaba hacia dónde se moviera uno en el recinto. Esa mirada vacía lo perseguía a uno por todos los rincones. Jesús me había traído esa pintura de uno de sus viajes. Un cura le había tenido que completar el pago de una casa para una de sus concubinas. El cuadro del Salvador que adornaba la sacristía de su convento lo utilizó para saldar la deuda con Jesús. Yo quise devolvérselo al convento, pero mi marido no me lo permitió.

—Ese Salvador no sale de esta casa, porque este suelo también es sagrado –me gritó Jesús.

De tal suerte que en mis cartas le respondía que míster Stilman era un santo y que le diera gracias a Dios por no tener un marido como el mío, que se iba detrás de una escoba de iraca con falda. Rosario se ocupaba de las niñas, la casa y sus propios celos. Una vez le contesté que tener al marido lejos tenía sus ventajas porque siempre había motivo para festejar su bienvenida.

Capítulo XIV

Pacha

En ese entonces, Pacha era la adivina más famosa de Armenia. Vivía en el barrio Santander y, a pesar de que yo no creía en los embelecos de una vieja loca, fui a verla. Me hizo separar las cartas en cuatro montoncitos, luego los revolvió y me hizo partir la baraja de nuevo. Yo le seguí el juego a doña Pacha, pues me divertía al ver la agilidad de sus manos. No entendía cómo podía estar allí y más aún tener que pagarle para que me dijera embustes. Pacha examinó los naipes con cuidado y sin mirarme a los ojos me preguntó que si tenía un vestido de luto listo. Había enterrado a tres hijos: Eloísa, que nació muerta, y Fabio y Octavio, los mellicitos. Los vestidos negros me traían malos recuerdos. Hasta los más costosos, de seda, se los había donado a las sirvientas. Sin embargo, me enfureció que esa vieja me dijera que alguien cercano a mi círculo se iba a morir. Uno iba a que le pronosticaran un buen negocio o a que le indicaran en dónde encontraría un entierro, porque los muertos no dejaban dormir por la bulla. Yo siempre les dije a las cocineras que la razón por la cual las cucharas se movían en la cocina era porque teníamos ratas del tamaño de una chucha. Yo las vi.

Si bien le pagué la consulta con resentimiento y un temor insuperable, prefería enterrar a diez maridos y no a otro hijo más. Me costaba trabajo creer que la Providencia intentara llevarse a otro de los míos. Quería a todos mis hijitos, pero amé a uno de ellos en especial: Octavio. Fue muy cariñoso, mimaba a su padre, ordenaba el mundo de sus hermanos y sus perros. Octavio fue el mellizo que sobrevivió en el parto después del infortunio de Eva. Pero al cumplir los trece años su corazón no aguantó más. Octavio era rubio, tenía los ojos azules y la mirada de melancolía que me recordaba a mi padre. Cada segundo de su vida me lo había dedicado. Yo pasaba la mayoría del tiempo en la cocina del restaurante y él era mi acompañante más fiel. Desde que aprendió a caminar, me seguía a todas partes. A las cuatro de la madrugada se levantaba conmigo y yo lo dejaba ayudarme. Yo sentía que él me observaba en cada movimiento, cada gesto, cada paso. A veces se quedaba callado largas horas mientras yo ordeñaba y su recompensa era un vaso de leche caliente. Los dos nos cuidábamos el uno al otro, y cuando él se bañaba en el río con los gozques, yo lo vigilaba desde la ventana de la cocina. Pasaba horas en el agua, hasta que sus labios se ponían morados. El día en que el doctor Orozco le descubrió los primeros síntomas de asma sentí que el mundo me tragaba. Era cuestión de tiempo y Octavio sabía que no disponía de mucho. Jesús tenía varios hijos pero yo sólo contaba con uno como Octavio. El viejo se acongojó con la muerte de Octavio porque pensó que él también se iba a morir algún día. En un armario todavía conservaba los zapatos de charol del niño y las flores secas de su funeral. Mis otros hijos eran distintos y años más tarde lo comprobé.

Pues bien, Pacha estaba en lo cierto. Tres días más tarde un chofer me trajo la noticia desde Caicedonia: Jesús se había desplomado en la calle y allí quedó *per omnia saecula saeculorum.* El doctor Orozco tenía en ese pueblo su consultorio. Era también su médico y le había prohibido tomar aguardiente y comer chicharrón. Jesús no escuchaba a nadie y decía que prefería morirse antes que renunciar a sus fritangas. Estaba segura de que me podría cambiar a mí por una pezuña de cerdo con fríjoles y col. En efecto, el pronóstico del galeno y la premonición de Pacha lo llevaron a la sepultura. Jesús murió de un infarto al salir de un chequeo médico. Él no sufrió más que un dolor de pecho y su agonía fue de un segundo. Siempre dijo que así deseaba morir, porque no quería estar postrado en una cama. Por suerte, ese día había visitado al notario y me había asegurado dos cuadras de casas que tenía en frente del marco de la plaza. Cuando Jesús falleció, la montaña y otras propiedades que tenía se repartieron entre sus seis herederos y mi prole. Mis hijos y yo heredamos La Primavera, donde estaban las lecherías. Por mi parte, mi propia fortuna había aumentado gracias a mis ahorros y mi trabajo.

Para mil novecientos cuarenta y nueve nosotros ya vivíamos en una casa amarilla del barrio Berlín, en Armenia. El restaurante ya no dejaba tantas ganancias como antes porque por razones de seguridad nos vimos forzados a trasladarnos a Armenia. Ya no lo podía atender con la misma regularidad y un mayordomo administraba el restaurante y Los Álamos.

Míster Bremer tuvo que desocupar la casita del lado e hizo que lo mandaran de nuevo a otra expedición a la Argentina. A veces recibía cartas donde él me contaba que vivía con algunos familiares en Buenos Aires.

La muerte del líder liberal Jorge Eliécer Gaitán[94] no se supo en la región sino días después de su asesinato en la capital, un nueve de abril de mil novecientos cuarenta y ocho. Los liberales tuvimos que salir de las fincas donde habíamos visto crecer a nuestras familias. Jesús no alcanzó a ver los cadáveres mutilados que bajaban por el río o las pilas de hombres muertos en las plazas de Córdoba, Pijao o Barcelona. El viejo me advirtió muchas veces que las cosas se iban a poner color de hormiga para los liberales y me convenció de que nos fuéramos a vivir a Armenia, sobre todo para salvaguardar a los niños. A la región había llegado mucha policía y varias de mis casas en Barcelona las alquilé como oficinas del Batallón Cisneros[95].

Con la muerte de Jesús me di cuenta de que ya no tenía otro aliado que protegiera mis intereses. El viejo me hacía falta, entre otras cosas, porque una mujer con cuatro hijos, viuda y con dominios era vulnerable ante los ojos de los hombres. Pero eso era lo que creían ellos porque no me volvería a casar. Cuando Jesús se iba por largas tempo-

---

94   *Jorge Eliécer Gaitán:* (1903-1948) su asesinato siendo candidato a la presidencia por el partido liberal el 9 de abril de 1948 inició la revuelta en el centro de Bogotá conocida como el "Bogotazo" en contra del gobierno conservador de Mariano Ospina Pérez, a quien le exigían la renuncia. Ese día hubo saqueos principalmente en el centro que luego se fueron esparciendo por gran parte de Bogotá y varias ciudades de Colombia. Además de saqueos, hubo incendios de tranvías, iglesias y edificios. En un principio la policía intentó el control, pero luego, parte de la policía y algunos militares se unieron a la revuelta proveyendo armas, mientras que otros intentaban reprimir abriendo fuego sobre los manifestantes. El saldo fue de varios cientos de muertos y heridos, la ciudad destrozada y el inicio de una época de violencia a nivel nacional.

95   *Batallón Cisneros:* estación militar de ingenieros, ubicada en Armenia, Quindío, Colombia.

radas, siempre colgaba de los alambres unos pantalones mojados de él, aunque no estuviera en la hacienda. Me daba cuenta de que los forasteros veían la ropa de un hombre y me trataban con más respeto. Si notaba a alguien sospechoso, le decía que mi marido estaba por volver del cafetal. Pero ahora Jesús no era más que una idea en mi imaginación y sólo mi espíritu y mi escopeta me protegerían.

La primera decisión que tomé fue cerrar los gallineros y dejé el personal indispensable en las fincas. Ya me habían matado a varios trabajadores y algunas estancias ya estaban abandonadas. Por ejemplo, en La Primavera los únicos vigilantes que permanecían atentos a cualquier invasión eran los perros cazadores y los gansos. Yo llegaba a La Primavera a la hora más imprevista. Les dejaba comida a los canes en los patios y les cambiaba el agua de la pileta a los patos. Siempre encontraba animales muertos en los corredores y notaba que se habían robado otros. Sentía que entraba de manera clandestina a mi propia tierra, pero era la forma efectiva de sobrevivir en medio de esa especie de guerra. Una vez que estaba dándoles de comer a las pocas gallinas que quedaban, llegaron cuarenta hombres con sus carabinas casi inservibles terciadas en la espalda. Yo reconocía ciertos rostros de los que habían trabajado en las lecherías y de otros que habían sido clientes del restaurante. Otros eran los hijos de los mismos agregados de las fincas. Sus padres habían sido aniquilados y ellos habían sobrevivido porque se escondían debajo de las matas de café. Venían descalzos y sudando. Me saludaron por mi nombre:

—Doña Clara, buenos días.

—Buenas, señores. ¿En qué puedo servirles?

—¿Podríamos quedarnos esta noche en los establos? –dijo uno con cara de piña porque la tenía llena de cicatrices por un sarampión mal cuidado.

—Claro que sí –les contesté de inmediato.

Yo abrí la cocina, maté varias gallinas y les hice un sancocho. No les pregunté la filiación política pero ellos sí conocían la mía.

—Mire, doña Clara, ¿nos podemos llevar unas cuantas reses? –me preguntó el mismo carepiña.

—Claro, las que necesite –le respondí con una sonrisa poco frecuente en mi rostro.

Nunca me llegaron a atacar o a insinuarme algo por el estilo. Creo que me admiraban por ser una de las pocas que no había abandonado sus tierras. Era como andar en un rastrojo lleno de huevos pero midiendo cada paso para no romperlos. En cualquier momento se podía decir la palabra equivocada y se pagaba con la vida.

Fue mejor que Jesús no llegara a ver sus caballos sueltos por los potreros secos, sin comida ni rumbo. Muchas casas eran presas de las llamas; las mías no eran la excepción. Cuando Mónica me avisó que Los Álamos ardían, ya era demasiado tarde. La casa hecha de bahareque se quemó en menos de lo que canta un gallo y los guayacanes se quedaron desnudos. En medio de los escombros del restaurante, descubrí una bolsa pequeña que no había sufrido los estragos del calor porque estaba enterrada debajo del pilón de maíz, el cual se achicharró porque era de piedra. La tela de la bolsa era amarillenta y al sacudirla se rompió. De su interior salió un polvo que de inmediato se metió por las ranuras de la madera carbonizada que estaba alrededor. Me quedé con los huesos de otra mano en la mía. Algunos también cayeron al suelo y se pulverizaron de inmediato. Lo más cercano que yo había visto de una mano mutilada eran los huesos de los micos que roía Jesús. El guardado estuvo allí por largos años, a pesar de que yo no creía mucho en las habladurías de las muchachas de la cocina. Ellas decían que alguien había salado el restaurante. Pero entonces comencé a dudar porque tuve la evidencia en las manos. En general, nunca pensé que se tenía buena o mala suerte. Era darle demasiada responsabilidad al destino. Uno mismo se salaba o se endulzaba la vida. Yo había optado por creer en lo que me convenía. No escuchaba en las noches pasos o cucharas que se revolvían en los cajones de la cocina, como lo hacía el resto de la servidumbre. Yo rezaba padrenuestros, por si acaso, para que el alma de Eva no estuviera en pena.

Así las cosas, con la sal o sin ella, el sitio más seguro para vivir era Armenia, y eso que en las noches siempre había toque de queda. De una vida al aire libre pasé a una de ciudad que apenas tenía una calle real tan larga como la de Barcelona. Las ventanas y los portones se mantenían cerrados y se hablaba en voz baja. Jesús no habría aguantado una vida de reclusión y menos con una casa llena de niños. El infarto no le permitió pasear por los corredores del barrio Berlín por mucho tiempo.

La vez que lo asaltaron dos malhechores en la entrada de la casa, no se enteró porque estaba muy borrachito. Como no me acostaba hasta que Jesús no llegara a la casa, alcancé a escuchar un chillido en la veranera[96] que estaba cerca de mi ventana. Me asomé por un postigo y vi que dos chusmeros[97] arrastraban a mi marido. Yo salí con mi revólver y disparé al aire. Le robaron el sombrero y el carriel, pero él no recordaba nada al otro día.

---

96 *Veranera:* buganvilia o buganvilla, planta (Colombia). De Luis Antoine, conde de Bougainville (1729-1811), navegante francés que la llevó a Europa. Arbusto trepador de Suramérica de la familia de los nictogináceos, con hojas ovales o elípticas y flores pequeñas de diversos colores.
97 *Chusmeros:* asesinos, chusma conservadora (Colombia).

TERCERA PARTE

CAPÍTULO XV

EL BERLÍN

E l Berlín era el barrio de moda en Armenia. Allí habíamos anclado muchos vecinos que huíamos del campo. Para llegar al Berlín había que subir casi una montaña porque las casas estaban construidas en la parte alta. Durante el invierno, el acceso al vecindario era una tarea imposible tanto para los carros como para las bestias, que se caían en medio de las calles inundadas.

Algunas de las familias que también se habían establecido en el Berlín por las mismas razones que las nuestras, por ejemplo los Tarquino, estaban conformadas por el mandacallar[98], la madre y una recua de doce hijos. No existía distinción de clases porque todos teníamos orígenes comunes y el miedo nos unió como en una cueva. Sólo cuando mi hijo mayor se fue al seminario y volvió con otras ideas, la estabilidad del barrio se vio en peligro.

Los Tarquino eran doce hermanos. Don Pedro alegaba[99] con sus hijas todo el tiempo y era inflexible con los chicos. Las niñas mayores eran compañeras de juego de mis hijos y cuando yo me tenía que ir a La Primavera se quedaban en la casa, como las niñeras de mi hija menor. Yo las trataba como a mis propias hijas y ellas me contaban todo lo que hacía Dionisio cuando no estaba en casa. Las niñas estudiaban en el Colegio Oficial de Señoritas y los muchachos, en el Rufino. Desde

98 *Mandacallar:* el jefe.
99 *Alegaba:* alegar, inculpar, criticar, demandar (Colombia).

la ventana trasera de mi casa las veía desfilar con sus uniformes blancos por el Camino del Navegante, que se convertía en la única vía de tránsito para los peatones del barrio en épocas de lluvias. Ellas salían a las seis de la mañana, regresaban a la hora del almuerzo y volvían a la escuela. Una vez le pregunté a Estelita cuánto se demoraban para ir y venir a pie y ella me contestó con mucha normalidad que el viaje tardaba una hora. Me asombraba la limpieza de las chicas Tarquino en medio de aquellos lodazales. Doña Inés, la madre, no les perdonaba la menor muestra de barro en los zapatos y mucho menos ensuciar el piso de tablas, que las mismas niñas viruteaban y enceraban todas las noches.

Dionisio había reparado un gramófono que estaba roto. En casa no se escuchaba música porque eso era de sitios como el de Mónica. En uno de sus viajes, Jesús se trajo consigo un gramófono y un espejo de cristal de roca. Los cambió por ocho bultos de panela a un hombre que traía mercancía de Medellín. Pues el viejo, ni corto ni perezoso, compró discos y me dedicaba uno cada vez que estaba borracho. Su canción preferida era la que decía: "que tú ya no soplas, que tú ya no soplas como mujer...". Ya me tenía cansada con el estribillo y sus burlas. Una noche llegó muy copetón al restaurante y puso el gramófono a funcionar. Salí enfurecida de la cama y eché el parlante al río. Los discos se los tiré a la cabeza y no sé cómo no lo lastimé. No le hablé por varios días y para contentarme me dio otra pañoleta y una de sus marranas a punto de parir.

El aparato lo había conservado en la casa del Berlín como un trofeo de una de mis luchas. No tenía ninguna función sino hasta que Dionisio le puso las manos encima. Él hizo un parlante de lata y se lo instaló al gramófono. En las tardes invitaba a todos los Tarquino y a otros vecinos, y por cuenta de la casa se organizaban fiestas gratuitas con refrescos y empanadas. Después, cuando llegaba rendida de las haciendas, las muchachas me narraban los pormenores de las festividades a las que yo no había sido invitada.

Las Tarquino me contaron que Dionisio siguió velando a Jesús muchos meses después de su muerte. Congregaba a todos los niños en la sala de la casa, les daba dalias que recogía en el solar y los hacía desfilar frente a un cajón de lata. Él entonaba las canciones y se guardaba un silencio absoluto. Mucho antes me había dado cuenta de las habilidades artísticas de mi hijo. Don Omar Ozman, el vendedor de telas que pasaba cada tres meses por Los Álamos, me había dicho que Dionisio tenía cara de ser un trovador porque desde muy chico se memorizaba todas las conversaciones y luego las repetía en forma de canciones. Yo lo tomé como una ofensa y no le compré más cachivaches al turco. Sin duda, mi hijo tendría los mejores profesores de canto y piano si eso era lo que él quería.

Lo que de veras me atormentaba era el vacío que Jesús había dejado en los dos hijos mayores. Dionisio tenía quince años y Leonardo era un año menor. A los otros dos no les importaba tanto. Por eso envié a Dionisio al seminario en la capital, porque así tendría asegurada su supervivencia, y si más tarde se arrepentía de su vocación de sacerdote se podría dedicar a ser cantante. En el seminario podría aprender latín, griego y hasta alemán. Yo no podía brindarle nada, excepto mi apoyo y mi dinero. Siempre vivía con la incertidumbre de que en cualquier momento nos iban a matar a todos y por lo menos deseaba que mis hijos se salvaran. Poco a poco los fui enviando a sus respectivos internados. Los chicos estarían en manos de los maristas y las monjas de la Presentación velarían por la menor. No quería que estuvieran expuestos a las escenas de horror que había visto en los ojos de los niños huérfanos porque sus padres fueron descuartizados en frente de ellos, en el silencio de las madres que quedaban viudas, en las caras escuálidas de los hombres que se destrozaban entre ellos mismos.

Capítulo XVI

Los colonos

Bellavista fue una de las haciendas con más hectáreas que heredé de mi marido. Los dos habíamos trabajado hombro a hombro esa montaña. Sembramos café arábigo y borbón, que tuvimos que regar con totumas de guadua porque hubo una sequía que duró cuatro meses. Plantamos guamos para proteger los cafetos del sol. Contábamos con más de doscientas vacas lecheras, más los equinos de los establos. En las cosechas teníamos por lo menos quinientos hombres en los cafetales para recoger a mano el fruto.

Para el año de mil novecientos sesenta y tres, Bellavista ya había sido tomada por colonos. Cuarenta familias se establecieron en mis dominios y no salieron de allí sino hasta el día en que vendieron sus pequeñas parcelas a mis enemigos, que estaban interesados en esas tierras.

Ante la violencia reinante en la zona, tuve que dejar de ir con frecuencia no solamente a La Primavera y a Los Alamos, sino también a Bellavista. Mis vecinos me recomendaban que no volviera por la montaña sino hasta cuando se calmara la situación. Algunos de mis amigos se fueron para Cali y Bogotá. Otros viajaron al extranjero con sus hijos. Pero éste era mi sitio y no podía gastar energía en lamentos. No obstante, traté de crear un ambiente sano para mis hijos pero no pude aislar a Leonardo, mi muchacho, de aquellos escenarios siniestros.

Él había sido testigo de la ejecución del mayordomo de Bellavista. La chusma había entrado a la finca por sorpresa, amarró a todos los peones, y en frente de ellos y de su mujer le dispararon. Las palabras que escuchó Leonardo de uno de los asesinos fueron:

—Lo matamos porque era un soplón.

Mi hijo se había quedado esa noche en la finca. Al día siguiente madrugaba con un café para venderlo en el depósito del señor Arango. Pero se voló por el cafetal cuando sintió los disparos. Llegó a Armenia como si hubiera visto al diablo. Sólo contaba diecisiete años y a partir de entonces su mirada cambió para siempre. No sonreía, excepto cuando veía a una mujer. Me asusté todavía más cuando mató un perro de un balazo porque se comía los huevos. Era como si estuviera probando su puntería para una caza mayor. Me oprimía ver la rabia contenida en sus ojos verdes y sabía que tarde o temprano él descargaría su soberbia[100] en contra de sus propios congéneres. Si bien él obedecía mis órdenes como un perro faldero, frente a sus subalternos era implacable. Su olfato del peligro era incuestionable y no caía nada mal porque vivíamos en una zozobra constante. Era mejor estar preparados para cualquier ataque. No me gustaban sus amigos, ni mucho menos las mujeres que escogía. Cuando cumplió los dieciocho años, ya tenía su primer hijo y aún no se había casado. Leonardo creció muy rápido y se movía en medio del caos con harta facilidad. Me atormentaba saber que él se había saltado su adolescencia. De la noche a la mañana se volvió un hombre duro. A su vez, él era un ser muy imperfecto pero me era difícil reconocer otra de mis fallas. A Dionisio, mi hijo mayor, lo conocía por dentro y por fuera; al fin y al cabo, no era tan difícil conocer a alguien que decía todo lo que pensaba. Por el contrario, Leonardo destrozaba a sus víctimas y no dejaba la menor señal. Por desgracia, jamás supe con certeza quiénes eran sus presas, pero sentía su respiración y sus largas horas de silencio. Intuía que él jugaba de acuerdo con las reglas impuestas en la Violencia, pero no me atrevía a preguntarle dónde, cuándo o cómo realizaba sus faenas mortales.

En un atardecer demasiado silencioso, sólo pude llegar hasta unos pocos kilómetros de la entrada principal de la hacienda Bellavista porque mi chofer no pudo continuar la marcha. Llevaba maíz para los animales y mi revólver en el bolsillo. En la vía de acceso al alimentadero

---

100 *Soberbia:* rabia, ira, poder (Colombia).

había varios hombres con banderas rojas. El camino estaba cerrado porque la montaña se había convertido de la noche a la mañana en propiedad comunitaria. La consigna era "La tierra no es del dueño sino de quien la trabaja". Así decían las pancartas y gritaban los campesinos. Las casuchas estaban desperdigadas a lo largo del camino. Eran de guadua. Algunas estaban cubiertas con hojas de plátano y muy pocas con pedazos de tela y costales rotos. Sólo una tenía un plástico que reconocí de inmediato porque había sido un mantel de una de las mesas de los comedores de la hacienda. Era un cementerio de vivos, mas no la fundación de una colonia. Me bajé de la camioneta con la mano dentro del bolsillo. Allí siempre tenía mi revólver. El que parecía el líder se acercó, me dio la mano y me saludó como si me conociera desde siempre. Él también tenía la cara tapada y usaba un sombrero, que se quitó para estrecharme la mano. Yo no le extendí ni los dedos y él ignoró mi gesto de rechazo como si ya estuviera acostumbrado. Noté que tenía poco pelo y olía muy mal.

—Doña Clara, es mejor que se devuelva para su casa en la avenida Bolívar. Este no es un lugar para una señora como usted.

—¿Quién es usted? –pregunté siempre con la mano dentro de la talega de mi vestido. Tenía el dedo puesto en el gatillo.

—Eso no importa. Ahora nosotros somos los dueños de esta montaña. Usted la abandonó y además no la necesita. Sabemos que es dueña de otras fincas y no se va a quedar en la calle. Nosotros sí queremos estas tierras para darles de comer a nuestros hijos.

Los pocos perros que quedaron de la casa de Bellavista vinieron a verme. Movían la cola y saltaron sobre mí de alegría. Por lo visto, eran los únicos seres que me daban la bienvenida. *Bambina*, una perrita que lo único que hacía era parir cachorros, se orinó de felicidad cuando me vio conversando con el hombre.

—Doña Clara, este animalito vive ahora con nosotros. Es muy agradecida y come cualquier cosa –dijo el jefe de los colonos.

Tengo que admitir que el hombre que conversó conmigo había sido muy bien entrenado. Hablaba bien y fue respetuoso. Su amabilidad me producía más desconfianza que su careta y la escopeta que cargaba en el hombro. Él estaba muy seguro de sí mismo, en un territorio que no era suyo.

—Mire, yo no estoy para juegos: ¿qué quieren?

—La tierra.

En primer término, no me cabía en la cabeza que no pudiera transitar por mis predios porque unos miserables obstruían el camino. En segundo lugar, ¿qué se creían esos hijueputas, que acaso no había ley para ellos? Pero estaba muy equivocada porque la ley favoreció a los invasores. En efecto, no se trataba de un puñado de culisucios que había decidido tomarse una montaña de la noche a la mañana. Las desafiantes miradas de aquellos rostros cubiertos que salieron a mi encuentro estaban dispuestas a atacar y defenderse hasta con piedras si era necesario. Aquellos hombres ocultaban sus rostros con trapos negros y bolsas de papel con agujeros en los ojos y en la nariz. ¿Por qué no daban la cara como machos? Yo era una mujer y estaba sola. Ellos eran más de diez y les ponía la cara. Claro, tenían más miedo que yo. Pero eran tan peligrosos en manada que no dudarían en destrozarme.

De inmediato consulté con un coronel del ejército, quien sin pensarlo dos veces me dijo:

—Son comunistas. Cuídese, doña Clara. Vamos a militarizar la zona y usted no puede asomarse por allá. Ya tenemos algunos infiltrados entre los colonos y de acuerdo con nuestros reportes su vida corre peligro.

—Mire, si usted cree que me voy a mear en los calzones y me voy a esconder como un gurre, está muy equivocado. Ningún comunista me va a meter miedo.

En verdad, no me asustaban los comunistas. Más bien sospechaba de los conservadores que lindaban con Bellavista. No pasaba por alto que ellos también querían esos predios y con su chusma de asesinos se habían encargado de sembrar campos de sangre. Habían asesinado a muchos liberales en la región.

Pero según las informaciones que el coronel tenía, la invasión de los colonos había sido organizada desde Bogotá. Cuando los campesinos pusieron las banderas en tierras de Bellavista, estaban muy seguros de que el gobierno tendría que darles esas tierras.

A través de mis influencias, sólo logré que me enviaran unos soldados de la Octava Brigada para militarizar el lugar. Así pude recoger algunas de las pertenencias que tenía en la casa de Bellavista. De modo que me vi en la obligación de recurrir a los servicios de los abogados. No tenía otro camino sino la vía legal para que me reintegraran mis tierras. Por desgracia, quedé por algún tiempo en manos de ellos. Alimenté a catorce abogados por un período de cinco años. A todos los contraté al mismo tiempo y les pagaba buenos honorarios, pero ninguno de ellos fue eficiente. No se sabía cuál era el más ignorante. Ellos mismos no se ponían de acuerdo y habían convertido el pleito en el más confuso ejercicio de retórica. Desconocían los procedimientos legales y lo único que me aconsejaban era que me olvidara de Bellavista y les dejara la tierra a los colonos. El gobierno transaría conmigo. Creo que en vez de ser mis aliados, la mayoría se convirtió en mis peores enemigos. Al fin de cuentas, ellos se vendieron a la contraparte: unos por miedo y otros por pícaros. Los organizadores de la toma de Bellavista amenazaron a varios de mis abogados y el resto se dejó comprar por bicocas.

El jefe de mis abogados era el doctor Arcila. Tenía su oficina en Calarcá, al lado del Banco Cafetero. Me lo había recomendado mi amigo Obdulio Barrios, a quien le había recuperado un ganado robado. Desde sus ventanas sin cortinas se veían los loteros[101] y los vendedores de dulces de la plaza de Bolívar. En el escritorio del doctor Arcila siempre había pilas de papeles en desorden y dos ceniceros llenos de colillas de cigarrillos Pielroja. En la pared estaba colgado su diploma de la Universidad Externado de Colombia, un certificado de un cursillo en México y una fotografía donde aparecía dándole la mano al expresidente Laureano Gómez[102].

Su filiación conservadora no me molestaba tanto, pero su calvicie y su cojera eran demasiado sospechosas. No me daban muy buena espina. Mi olfato no me falló porque luego descubrí que su hermano tenía una hacienda colindante con la mía en Bellavista. El doctor Arcila tenía interés en que yo perdiera esas tierras porque, entre otras cosas, su hermano —o él mismo— las podría comprar a los colonos por centavos.

Los abogados de los colonos sobornaron a muchos de mis propios representantes. Cada paso judicial que yo daba para obtener una orden de desalojo era rebatida por los jueces porque los invasores ya conocían mis planes con antelación. No obstante, yo no me quedé con los brazos

---

101 *Loteros:* personas que venden lotería en la calle (Colombia).
102 *Laureano Gómez:* (1889-1965), ingeniero, político y periodista. Presidente conservador (1950-1954).

cruzados y pasé noches en vela leyendo y estudiando los nuevos decretos relacionados con la partición de tierras.

¿Cómo me iban a expropiar Bellavista sólo porque una ley lo decretaba? ¿Quiénes estaban realmente detrás de todo este pleito? ¿Qué harían con las tierras? La idea era repartir el pan entre los pobres y ante los ojos del Estado yo era una terrateniente. Pero ¿acaso no era también una de ellos? ¿Quién les había dado un plato de fríjoles a esos peones que ahora se ponían en mi contra? Yo, doña Clara, les había calmado la sed y el hambre a muchas familias porque sabía qué significaba comerse un huevo al año. Mi estómago había sufrido los embates de la pobreza. Así mismo, yo había sudado lágrimas de sangre para levantar esos bosques impenetrables. Jesús derribó nogales a su paso, descubrió nacimientos de agua, construyó aljibes y esculcó la montaña milímetro a milímetro para encontrar oro. Pero no se dio cuenta de que él mismo cambió para siempre la vida de aquel lugar absurdo. ¡Qué pena! El viejo murió sin darse cuenta de que el tesoro era la montaña de Bellavista.

Mis leguleyos acusaron a los colonos de ser infiltrados comunistas. La reforma agraria los vio como los desposeídos y al otro lado estábamos nosotros, los crueles dueños de miles de hectáreas que nos enriquecíamos con el sudor ajeno. El Estado consideraba que era su obligación repartir las tierras entre los campesinos para el bien y el progreso del país.

Yo no me veía al otro lado de la barrera, es decir, como la villana que se había apoderado de una tierra que no le correspondía. Hablaba el mismo lenguaje de esos desarrapados que me amenazaban hasta con quitarme la vida. A la casa llegaban mensajes anónimos que dejaban debajo de la puerta en donde me decían que sacara las tropas de Bellavista o me harían un corte de franela[103]. Intentaron todas las técnicas de intimidación. El teléfono no dejaba de repicar para insultarme. Las voces eran anónimas, pero yo conocía cada uno de los rostros de los colonos. Ellos no me miraban a la cara pero yo conocía sus orígenes. Muchos de ellos habían sido recolectores de café en la hacienda y a otros les había cortado el ombligo porque las parturientas, quienes traba-

---

103 *Corte de franela*: consiste en una profunda herida sobre la garganta muy cerca del tronco. Lo hacen no golpeando sino corriendo con fuerza un afilado machete sobre la parte interior del cuello. Casi siempre otra persona levanta la cabeza de la víctima o se le coloca en un palo para que el verdugo ejerza su cometido. Véase Germán Guzmán, Orlando Fals Borda y Eduardo Umaña. *La violencia en Colombia*. Bogotá: Universidad Nacional, 1962, p. 206.

jaban para mí, no daban tiempo para que llegara el doctor Orozco. Les había salvado la vida a muchos de esos críos.

Yo no estaba dispuesta a dar un paso atrás. Hice mis propias averiguaciones y conseguí en Bogotá a un litigante comunista: el doctor Alfonso Romero Buj. El fuego se combatía con fuego y qué mejor que otro de los mismos en este caso. Alfonso tenía muy buena reputación, tanto entre sus amigos como entre sus enemigos. Al fin y al cabo los comunistas no eran tan malos. Nidia, su esposa, era una mujer muy guapa, delgada y de cabello negro ondulado. No sé cómo se mantenía tan elegante, pues tenía un recién nacido y otros dos mayorcitos. Alfonso y Nidia se convirtieron en mis hijos adoptivos porque ellos pasaban largas temporadas en Armenia. Yo los hospedaba en el hotel Atlántico. Cuando nació el tercer hijo de Marta María, mi hija, trajeron de regalo un carrito azul para el bebé. Bogotá les aburría por el frío. Además, ella odiaba la política. Yo le decía a Alfonso que le pusiera más atención a su mujer y no la dejara sola por tanto tiempo. Pero, según él, sus negocios en otras ciudades y sus continuos viajes al extranjero causaron su separación. Tiempo después, Alfonso me confirmó lo que la prensa había dicho: Nidia abandonó la familia y se marchó con el Chacal[104].

Pues bien, Alfonso me tramitó una cita con el procurador general de la nación. Por medio de las influencias del abogado y, en particular, una carta que le envié al distinguido doctor, logramos que el representante del Estado nos recibiera en su oficina. Alfonso también me acompañó al despacho del procurador. En la reunión le mostré las escrituras que certificaban mi propiedad. Él tomó el documento y mientras lo leía en silencio, mi abogado lo leyó en voz alta:

> "En la ciudad de Armenia, circuito notarial del mismo nombre, departamento de Caldas, República de Colombia, ante mí Gonzalo Toro Patiño, notario segundo del circuito, y ante los testigos... certifico que la señora Clara de Márquez, a quien conozco personalmente, de la cual doy fe, es la propietaria de una finca territorial denominada 'BELLAVISTA', situada en 'RÍO VERDE', jurisdicción del municipio de Calarcá. La propiedad está registrada por escritura número mil ciento noventa y uno (1191), de diez y siete (17) de julio de mil novecientos cincuenta y siete (1957)...".

---

104 *Chacal:* o Carlos Ilich Ramírez Sánchez (Caracas, 1949). Terrorista venezolano condenado a carcel perpetua en Francia

—Doctor Romero, no siga leyendo que yo también sé hacerlo muy bien –le dijo el procurador.

No había duda de que yo era la dueña de Bellavista. Por lo tanto le propuse, porque no quise que el abogado hablara por mí, que si el Estado estaba interesado en proteger a todos los ciudadanos yo estaba dispuesta a vender la propiedad al gobierno. Luego de cinco años de litigación y negociación, la Procuraduría falló a mi favor y el gobierno me pagó Bellavista por un precio inferior a su costo real. El Estado me compró la hacienda de Bellavista, dividió la tierra en parcelas y les hizo escritura de sus minúsculas propiedades a los colonos. Después de la reforma agraria, los campesinos vendieron sus predios a otros por presión política, simple avaricia o porque no pudieron ni siquiera levantar un rancho porque no tenían la plata. Todos perdimos: el Estado, los colonos y mi familia.

CAPÍTULO XVII

MI PROPIA DEFENSA

Yo le escribí una carta al procurador y mi abogado comunista me la corrigió. Esta es la copia de la carta dirigida al procurador general de la nación, que la recibió antes de que nos reuniéramos con él en su oficina en Bogotá:

"¿Hasta cuándo, digno señor procurador, los colonos de Bellavista abusarán de su paciencia y la mía? ¿A qué extremos nos arrojará tan desmedida audacia? ¿Acaso esos ambiciosos no temen la ley de Dios y de los hombres? ¿No se alarman por la vigilancia diurna ni nocturna del ejército, ni las frases del gobernador ni del obispo? ¿No comprenden que nuestros designios ya están marcados y que el fracaso cubrirá nuestros semblantes y el de la patria si no llegamos a un acuerdo? ¿No comprende, señor procurador, que todos sabemos qué intenciones tienen ellos? ¿Imagina que no sé que los colonos le han mandado un comunicado y le exigen al Estado que les entregue Bellavista?

Algunos de los conspiradores le han hecho creer a muchos que Bellavista no produce nada porque yo no cultivo la tierra. Sí, claro, tuve que abandonar esa montaña porque la chusma conservadora me iba a matar, así como acabó con algunos de mis agregados liberales. Señor procurador, si usted viviera en estos montes sería testigo de los cadáveres mutilados que bajan por los ríos. No piense que dejé la tierra porque poseo otras fincas y no la necesito. Me obligaron a salir de mi propio territorio. Nuestro suelo se ha impregnado de olor a muerte en nombre de los partidos. Si he logrado sobrevivir durante estos años de violencia, es porque tengo amigos en todas partes. No soy líder de ningún partido, tampoco patrocino candidatos o caciques de la región. Nunca he explotado a mis jornaleros. Les he pagado buenos salarios, los he llevado al médico cuando ha sido necesario, los he vestido cuando no han tenido con que taparse, he compartido el plato con ellos. Me confundo cuando me llaman terrateniente o latifundista porque es la primera vez que escucho esas palabras. Me tratan con desprecio y recelo porque no me dejo robar la tierra. Ave María purísima, ¡qué tiempos! ¡Qué costumbres! ¡Qué osadía!

La primera autoridad del departamento lo sabe, algunos senadores también y hasta el caso ha llegado a oídos del señor presidente. Pero los colonos todavía viven allí y yo tengo que pedir permiso para entrar en mis predios. Hasta temo por mi vida y la de los míos. ¿Cómo se sentiría usted si llegara una tarde a su casa y ni siquiera pudiera traspasar el jardín porque unos desconocidos han ocupado su vivienda? ¿Qué pensaría? ¿Que se equivocó de dirección o que está chiflado? ¿Cómo reaccionaría usted si además de quitarle su hogar lo amenazaran y tuviera que irse, con todo respeto, con la cola entre las piernas? ¡Qué tiempos! Los pájaros tirándoles a las escopetas.

¡Y nosotros, ciudadanos, creemos que los representantes del Estado deben prevenir las consecuencias de las envidias, de los odios partidistas, de los embustes de los llamados comunistas! El enemigo convive con nosotros e intenta acabar con la poca cordura que tenemos por medio del rifle que dirige su cañón en contra de nuestras cabezas. ¡Entre qué gentes estamos! ¡En qué pueblo vivimos! ¡Qué república tenemos! Yo no entiendo nada sobre el comunismo. Pero todo se sabe y detrás de los comunistas están los traidores públicos que tienen una ambición desbordada por esas tierras. Aquellos que hoy presionan a los colonos para que se insubordinen en contra de la nación son los mismos que han sembrado el terror entre los campesinos y los propietarios. Entre los catorce abogados que me defienden en este interminable pleito, también tengo a unos pocos fieles. ¡Todo se sabe, señor procurador! Algunos me han informado que hasta tienen los nombres de los conservadores que ya han mandado ofertas a los colonos para comprarles las chagras [105]. No pongo en duda las buenas intenciones del gobierno, pero usted no debe cerrar los ojos ante los enemigos que quieren enriquecerse a costillas del campesinado y de personas como yo.

Sé que soy el blanco de los ataques de aquellos que dicen llamarse defensores de los peones. Pero ¿no sabe usted que yo también soy una campesina sin tierra, otra expropiada de la montaña? Soy una mujer humilde y sencilla. No tuve escuela y todo lo aprendí en la universidad de la vida. Tampoco tuve padres, riqueza o lujos ni en mi infancia ni en mi juventud. ¿De qué pobreza hablan esos descalzos? Yo también sé

---

105 *Chagras:* pequeñas parcelas de tierra.

qué son la miseria y el abandono. Y esos mismos hombres despojados hoy me calumnian de ser una latifundista, de usurpar sus tierras, de robarles el pan de sus bocas. Pero ¿será posible que negaran ellos el hecho de que por ser desventurados tienen el derecho divino de la bondad? ¿Acaso por ser pobres tienen buen corazón? Yo sé qué pensamientos corruptos se cruzan por la mente de un estómago sin comida. ¡No me vengan con cuentos! El rencor y los celos no son sentimientos exclusivos de los poderosos, sino que también se ocultan en las almas de todos los cristianos.

¿A qué esperar más, señor procurador? Usted tiene el poder de decidir el futuro de esas familias infortunadas y mi propio desamparo. Usted me librará de un gran miedo cuando entre a su recinto y me diga en mi cara que no tengo derecho a reclamar esa tierra porque así lo dicen las leyes. No sufrirán ni ellos ni yo cuando, por su poder magnánimo, autorice la compra de esas tierras y me paguen por las gotas de sangre y lágrimas que derramé para sacarle frutos a esa montaña.

Yo también soy ciudadana colombiana y como tal me someto a las normas jurídicas de la nación. He pagado mis impuestos, he dado contribuciones a la Iglesia, a los orfanatos, los ancianatos, los hospitales y las cárceles.

Señor procurador, la justicia está en sus manos. Yo soy solamente una mujer viuda con hijos y una civil angustiada que clama por su ayuda.

Su atenta servidora

Clara de Márquez
Cédula de ciudadanía No. 4.442.694
Expedida en Armenia, Caldas".

Capítulo XVIII

Polancho

E l gobierno me compró la hacienda a través del Incora[106]. Años después hice el duelo por la pérdida de Bellavista. Luego de que el Estado redistribuyera la montaña en minúsculas parcelas, el gobierno de turno llevó al líder de los campesinos colonos hasta los estrados de las Naciones Unidas para hacer alarde del éxito de la reforma agraria.

Polancho era el hijo ilegítimo de don Nacianceno. Todos en Bellavista sabíamos el verdadero origen del padre, excepto don Nacián. La mamá me lavaba y planchaba la ropa. Ella traía a Polancho de la mano y lo sentaba en una banca en la cocina. A ella le gustaba pasar el día en la hacienda porque su hijo podía alimentarse como un cerdo. Yo le daba un tamal y el niño se lo tragaba a tarascadas, con la voracidad de un caimán. No dejaba en el plato ni las hojas de plátano en que estaba envuelto el tamal. Nunca escuché la voz de Polancho y se comunicaba con su madre por medio de señas. Ella me decía que el hijo

---

106 *Incora:* Instituto Colombiano de Reforma Agraria. Entre 1961 y 1968 el Incora adquirió entre 2.3 y 2.4 millones de hectáreas para un programa de reforma agraria por varios medios legales. "From 1962 to 1979 over 250,000 families gained land under INCORA's auspices. Seven-eighths of these families benefitted merely by the allocation of titles to public land – often land on which they previously had been squatters, though in some instances it was formerly private land to which the owner's title was officially declared to have lapsed". David Bushnell, *The Making of Modern Colombia: A Nation in Spite of Itself*. Berkeley: University of California Press, 1993, p. 234. "La legislación permitía que la nación reclamara la tierra privada no utilizada y la añadiera al servicio público...Además el Incora adquirió 265.500 hectáreas mediante cesiones; 109.000 por medio de compras y sólo 44.000 mediante expropiaciones". Ernest Feder. *Violencia y despojo del campesino: latifundismo y expropiación.*

era atontado. No lo volví a ver sino hasta que era un pollo y don Nacián me pidió que lo dejara coger café. En Bellavista se quedó hasta el día en que degollaron a don Nacianceno, a su mamá y a una hermanita. El muchacho huyó y por años no supe de él. Pero el día en que vi su fotografía en el periódico, junto al ministro de Agricultura, reconocí su esquiva mirada que no cambió desde su niñez.

Polancho viajó a la mayor parte de los países suramericanos como el portavoz y el ejemplo de las nuevas políticas del gobierno colombiano sobre la tenencia de tierras. No sabía leer ni escribir, pero los funcionarios usaron su ignorancia para llevar a la ruina a esos mismos campesinos que él representaba, entre los que estaba yo. Pedazo a pedazo, Bellavista se fue descosiendo como una colcha de retazos. Los desposeídos tuvieron que vender sus dos hectáreas de tierra porque se estaban muriendo de hambre. El gobierno les prestó dinero para los cultivos pero nunca pudieron pagarlo y muchos tuvieron que hipotecar sus chagras. Por supuesto, el banco se quedó con las tierras y las remató. Los colonos no previeron las inclemencias del tiempo, los veranos interminables y las ruinas de la cosecha de café. Bellavista había sido cortada en forma arbitraria: unos tenían agua pero no podían sembrar porque estaban en una hondonada y nada crecía por esos andurriales; otros podían cultivar dos hileras de café, pero a su rancho no llegaba una gota de líquido. Otros más no podían ni siquiera sacar un bulto de café porque no tenían caminos. Los que habían quedado a la vera de la carretera no sacaban ni un tomate porque cuando crecía el río arrasaba todo a su paso.

El gobierno tuvo las mejores intenciones con Bellavista y utilizó su demagogia para convencer a toda una nación y a un continente de que era posible alcanzar el progreso. Otros gobiernos vinieron y a Polancho le dieron más tierras para que se callara y se olvidara de la insubordinación en Bellavista. Cuando Polancho quiso sacar más tajada del Ministerio de Agricultura, el secretario del ministro le dijo que la oficina no era una agencia de beneficencia pública. Años más tarde, Polancho me contaría en una carta, en la que me pedía ayuda, que las autoridades lo andaban buscando por bandolero. En efecto, el hijo de la lavandera se convirtió en uno de los hombres más buscados del país. Se ofrecía una recompensa por cualquier información que se diera sobre Polancho, el tonto. Los cargos eran por robar al tesoro nacional y por atentar contra la seguridad del Estado. Por medio de un operativo de más de cien soldados y policías, fue acribillado a balazos. Trataba de huir de la casa de su amante en una finca cerca de Barcelona.

Polancho fue presentado por la prensa nacional como uno de los asesinos más sanguinarios de la historia del país. Pero nadie recordó que él había iniciado la toma de Bellavista y que era un producto de un mundo tan violento como él. Así mismo, en 1976 leí en un informe especial de *El Tiempo* que Alfonso, mi noble amigo y consejero, había sido abaleado por dos hombres desconocidos cuando salía de su oficina en Bogotá.

CAPÍTULO XIX

MI EXILIO

Durante este período perdí a Fabio. Yo lo había bautizado con el mismo nombre del mellizo que había muerto a los pocos días de nacido. Se parecían tanto que imaginé que Dios me lo había devuelto para continuar con su destino. Lo había enviado a Medellín para que estudiara derecho. Yo necesitaba un representante legal en la familia que no me robara y si lo hacía pues todo quedaba en la misma casa. Cada vez que había revueltas en la universidad él se venía a Armenia y se quedaba mientras pasaban las manifestaciones.

La muerte de Fabio representó siempre un misterio para mí. A partir de su repentina desaparición, me recogí en mí misma. En septiembre de mil novecientos sesenta y cinco, Fabio había cumplido los veintiséis años. Era campeón de ciclismo, jugaba baloncesto y fútbol. Cada vez que necesitaba dinero me decía "tesorito". Yo le hacía un guiño para que sacara plata de la gaveta de mi escritorio. Él era como la prolongación del espíritu de Octavio pero en el cuerpo de Fabio, el mellicito. Tenía las cejas espesas y los labios carnosos del padre. Me preocupaba que se casara antes de terminar su carrera porque tenía muchas novias. A mis oídos habían llegado rumores de sus andanzas. No se las reproché sino hasta que se sobrepasó con Estelita Tarquino, la hija de mis compadres del barrio Berlín. La muchacha se había transformado en una negra muy buena moza, con una cinturita de avispa y mucha gracia. De su propia boca salieron unas palabras de disgusto cuando vino a visitarme y me trajo unos brazos de reina. La negra iba caminando por la calle veintiuna de Armenia y sintió que alguien le pitaba desde una camioneta. Era Fabio.

—¿Adónde la llevo, negrita? –preguntó mi hijo–.

Ella se montó a la camioneta. Él, ni corto ni perezoso, puso la mano abierta en el asiento cuando ella se sentó en el cojín.

—¡Pendejo! ¿Qué le pasa? No sea atrevido –la negra se puso como Fierabrás–. ¿No ve que soy como su hermana?

Estelita tenía toda la razón, porque las Tarquino eran como mis hijas. Sin embargo, tenía mis dudas con respecto a esta historia, por lo que interrogué a Fabio en frente de Estelita y él se puso rojo.

—Mamá, la vi tan buena que no me pude contener.

Luego Fabio me confesó que no la había reconocido en la calle porque no la había visto desde su partida al internado y después a la universidad. No obstante, la hija de mis vecinos del Berlín le había perdonado su falta y a veces creo que ella lo provocaba. Fue la misma Estela quien lo salvó de una cornada. Ella le avisó que un toro desperdigado estaba a sus espaldas. Se acostumbraba que las reses que se llevaban al matadero se arriaran por las calles, por lo que había que cerrar puertas y ventanas a su paso. Si alguien quería mirar al ganado enfurecido, tenía que estar en los balcones o en los techos de las casas. Ese día, Fabio iba con sus amigos de pesca al río Quindío, pero el Willys en que viajaban se atascó en medio del lodo de la calle. Todos se bajaron a empujar sin saber que por esa misma vía se aproximaban los animales. Estelita los vio desde el postigo de la ventana en la casa de su tía y sólo tuvo tiempo de gritarle a Fabio que tenía la bestia a sus espaldas. Mi hijo se encaramó al andén, que estaba un metro más alto que la calle, y brincó por una ventana que estaba medio abierta. Por pocos segundos sintió que era el fin. Él mismo me lo contó.

A veces se comportaba como su padre porque casi siempre estaba de montaña en montaña, pero en vez de montar a caballo se iba en su bicicleta. Alcanzó a llegar con su equipo hasta Mérida, en Venezuela. Me mandaba postales y paquetes con las medallas que ganaba en los pueblos. Yo entendía muy poco de deportes y él me explicaba con paciencia cómo se ganaban las carreras y los campeonatos de fútbol interligas. Me ocupaba personalmente de sus uniformes y aunque no veía su futuro corriendo detrás de una pelota de fútbol, lo apoyaba incondicionalmente.

La tarde en que me avisaron que mi hijo estaba en el hospital yo estaba friendo unos buñuelos. Al principio pensé: "Se cayó de la bicicleta y sólo está lastimado". Lo habían traído a la casa varias veces en camilla, con las rodillas peladas. Pero al entrar a la sala de urgencias y al ver la cara de sus hermanos me di cuenta de que era algo grave. Se estaba desangrando por la aorta y los médicos no podían parar la hemorragia. Todos los familiares dimos sangre y sus amigos trajeron donantes, hasta sus familiares más lejanos colaboraron para salvarle la vida. Aunque la sangre no fuera compatible, a otro le debía servir. Felipe Jaramillo, un amigo que presenció la escena y que se encontraba en la sala de espera, me contó que Fabio estaba jugando a la ruleta rusa con Gustavo Osorio, otro de sus mejores amigos, y que se le disparó el revólver. La novia de Fabio soltó en llantos otra versión:

—Fabio y Gustavo intercambiaron armas, pero Gustavo sabía que la suya estaba cargada –dijo la novia, histérica.

El inspector de policía me dijo que un comunista le había disparado desde un balcón. El hijo del dueño de la casa donde se reunían a jugar cartas, y en donde sucedió el crimen, no vio nada porque estaba en el baño. Algunos vecinos que oyeron el disparo vieron que un muchacho de camisa a cuadros saltó por una ventana. Doña Azucena, la que me vendía los gladiolos en la galería para llevar al cementerio, me dijo una vez que eso había sido un complot de los conservadores.

Gustavo, el supuesto amigo de mi hijo, huyó de Armenia en un autobús de la Flota Palmira. Jamás escuché su versión de los acontecimientos. La verdad era que mi hijo estaba muerto y nada lo podía revivir. Todo era tan confuso y absurdo que me resultaba imposible creer lo sucedido. Yo le había dado un revólver a Fabio para que se protegiera, pero no para que se suicidara.

La expropiación de Bellavista había sido uno de los golpes más duros que había recibido, pero la muerte de otro hijo era insuperable. Era como un mazazo que me dejaba sin ganas de pelear. No comía ni dormía y empecé a odiar a la humanidad. Me sentía impotente y sin valor de pedirle algo a Dios porque ya no lo miraba a la cara. Perdí mi fe. Más que eso, perdí la confianza en mí misma. ¿En qué había fallado como madre, si todo lo que había trabajado era para mis hijos? ¿Dónde estaba mi error? ¿Cómo podía socorrer a los tres hijos que me quedaban?

Me sentí avergonzada de mí misma porque pensé que no merecía vivir, pero no me negué la posibilidad de empezar a reconstruir los pedazos de vida que aún me quedaban. A estas alturas no pensaba que un hombre me fuera a rescatar o que Dios me sacaría del hoyo en que me encontraba. Por el contrario, yo era la que debía alcanzar mi propia salvación.

Cuando abría los ojos, luego de dormir una hora, entre las cinco y seis de la mañana, sentía que el mundo se me había venido encima. Yo seguía administrando las haciendas, pleiteando con los abogados, respondiendo cartas y pagando deudas a los bancos. Sin embargo, no me concentraba. Ya no me provocaba ni tomar el claro de la mazamorra. Yo misma no me aguantaba mi mal humor. Mi cabello rubio se había apagado y en medio del poco que me quedaba sobresalían las canas.

En mi juventud no me preocupé por mi apariencia, aunque Rosario me decía que me arreglara y me perfumara muy bien cuando llegara Jesús. Lo más parecido que tenía en casa a un perfume era una botella de agua florida de Murray. Me la echaba en los brazos y la cara para refrescarme. Ahora tenía manchas en el rostro. Del cuello, los brazos y el estómago me colgaba piel llena de grasa. Me daba cuenta de que mi organismo se había ido desgastando y que no podía ocultar las venas várices que tenía en ambas piernas. Aprendí a utilizar medias veladas para disimular la maraña de nervios que bajaban por mis extremidades. Éstos se metían por los pies, como buscando salida para enterrarse en el suelo. El doctor Orozco me decía que no se podía hacer nada para curarlas, excepto evitar la ruptura de una de las venas; por el contrario, sentía mis huesos petrificados dentro de mi cuerpo y a pesar de que yo quería salirme de esa armazón de hierro, otras fuerzas me atraían de pies a cabeza. Mi mano izquierda, que me fracturé al caerme del caballo cuando escapaba de unos asaltantes de caminos, se soldó con los años pero no recobró la movilidad natural. Era como una pinza que servía sólo para recoger ciertos objetos livianos. Me vestía con el primer traje que encontraba en el armario y por una larga tem-

porada no me di cuenta de que siempre usaba el mismo vestido de ter-
ciopelo negro. Ya no utilizaba ni polvos para la cara, el único maqui-
llaje que usé en mi vida.

En cierto modo opté por quedarme conmigo misma en una
mansión que había comprado en la avenida Bolívar de Armenia. Mis
tres hijos se habían marchado al extranjero y no cabía la posibilidad
de regresar a vivir al campo. Armenia seguía siendo una ciudad pro-
vinciana y los habitantes se conocían unos a otros. La principal avenida
se abría paso hacia el norte. El alumbrado público y el alcantarillado
sólo llegaban hasta la fábrica de cerveza Bavaria, que estaba en la salida
de la ciudad. Yo tenía a Neftalí, un chofer que me llevaba a todos lados.

En dirección diagonal a mi residencia, el obispo de la ciudad se
había establecido en un palacete de vidrio. Allí vivía con dos monjas y
un árbol de manzanas verdes en el jardín del patio central. Durante
muchos meses, que se convirtieron en años, no crucé por la puerta de
una capilla. La mayoría de los curas que había conocido tenían hijos y
otros se habían retirado del sacerdocio para casarse con sus concubinas.
Los que nos habían señalado a los liberales desde el púlpito como una
amenaza al orden divino habían conseguido más dinero que un cura
con tres parroquias. De igual manera, había perdido mi fe en los santos
y si me aproximé al señor obispo fue porque él me dejaba usar su biblioteca privada. Yo fui una de las pocas que tuvieron acceso al palacete
y a sus cuartos de oración. Monseñor dormía en una cama tan alta que
necesitaba una escalerilla para subir a ella. Bueno, además él era corto
de estatura y sus hábitos lo hacían ver como si estuviera pegado al suelo.
Era menor que yo y por sus rasgos parecía que había sido muy buen
mozo en sus años de seminario en Manizales. Al comienzo le besaba
el anillo por protocolo cada vez que lo visitaba, pero con el tiempo me
dijo que no era necesaria tanta reverencia. Me mandaba manzanas a
mi casa con las monjas y yo le devolvía la cesta llena de unos buñuelos
tan grandes como toronjas. Me preguntaba cuál era el secreto para ha-
cerlos de ese tamaño y que no se reventaran, porque las monjitas habían
intentado repetir mi fórmula, sin éxito. La clave era echarles un poco
de soda, rociarlos con aguapanela y freírlos en aceite bien caliente. Monseñor se quejaba de la comida de las monjitas y decía que las pobres
mujeres ya no distinguían entre la sal y el azúcar. Al café con leche le

ponían sal y el pescado en los días santos lo guisaban con azúcar.

El dormitorio de monseñor comunicaba con una recámara en donde había un altar. A mano derecha, un corredor conectaba su cuarto con la biblioteca. A sus libros religiosos añadía los de filosofía, el *Cántico espiritual* de san Juan de la Cruz y los documentos del Concilio Vaticano II. Él me había traído de Roma un certificado con mi nombre y la estampa de Juan XXIII. Me regaló también un escapulario de cristal de Murano. Lo llevaba en mi escarcela como un amuleto.

Ahora bien, me sumergí en las lecturas de *Ana Karenina*, *Los hermanos Karamazov*, *Oliver Twist*, *La guerra y la paz*, *Rojo y negro* y una novela titulada *A la luz de las candilejas*. Monseñor tenía un mapamundi y me mostraba con el índice donde quedaban Rusia, Inglaterra, Francia y España. Él conocía a todos los personajes de las obras y admiraba a Pedro el Grande, a Catalina la Grande y a Napoleón. Una vez le escuché decir que había visitado la tumba de Napoleón en París. Yo prefería la imagen del estratega que había llegado hasta las puertas de Moscú. Pasábamos largas horas conversando sobre las biografías de Thomas Jefferson, George Washington y otros nombres que no recuerdo. Mi vida no se parecía en nada a la de ellos y no veía mucho la diferencia entre un personaje de una novela y la historia de estos hombres. El papel podía con todo y llegué a tener discusiones en voz alta con monseñor porque le dije que las vidas de los héroes eran muy simples. En otra ocasión, monseñor no pudo persuadirme de que el hombre había llegado a la Luna. Él había visto en la biblioteca del Vaticano un pedazo de roca lunar, que fue un presente del gobierno gringo al Papa. Yo no me tragué el cuento de la Luna sólo porque lo había visto en la televisión o monseñor lo confirmaba.

Mi desconfianza ante las palabras de monseñor iba en aumento a medida que leía novelas o biografías. El contenido de esos libros no tenía nada que ver con mi realidad. Mis monólogos hacían reír a monseñor y por reflejo comencé a darme cuenta de que me reía de mí misma. Sin darse cuenta, monseñor había sido como un filtro de mi ignorancia y él había acrecentado mis dudas.

Nuestra amistad prosiguió por correo, porque lo enviaron a Medellín como profesor de teología. Cuando se fue, me dejó parte de la colección de sus libros.

CUARTA PARTE

CAPÍTULO XX

DIONISIO

Dionisio renunció a su carrera de sacerdote. Y se fue para Buenos Aires a estudiar música. Al principio yo recibía muy a menudo su correspondencia: "Querida mamá: las calles y los edificios porteños se asemejan a los de París, Madrid, Roma o Londres...". Yo nunca había ido a la Ciudad Luz, pero la había visto en ilustraciones hechas a plumilla por monseñor. La ciudad tenía la avenida Nueve de Julio, una calle de ocho carriles más ancha que la avenida Bolívar en Armenia o la Jiménez en Bogotá, por donde circulaban muchos automóviles a la vez. Dionisio me decía que el teatro Colón era una copia criolla de la Scala de Milán. Frente a la estación del tren había una réplica del Big Ben. En la primavera los parques olían a jacarandas, lapachos y palo de borracho. En la plaza de Mayo no faltaban los cauchos, las tipas ni las palmas, como las que vi una vez en Buga cuando fui a pagar una promesa al Señor de los Milagros. No creo que antes me hubiera percatado del olor de una ciudad, pero Dionisio me hizo caer en la cuenta de que Armenia se hallaba impregnada de un olor a café tostado, excepto la plaza de Bolívar, que estaba perfumada de jazmines en las noches. El aroma dulce de las veraneras y los sanjoaquines que adornaban los andenes de la avenida se confundía con el olor de la crema anaranjada de las solteritas, el maní, los mangos con sal o los chontaduros que vendían en los carritos ambulantes.

En la calle Florida, él compró una caja de alfajores que me envió con alguien que venía de viaje. Lo sé porque debajo de la caja estaba escrita la dirección: Alfajores La Avellaneda, Florida No. 9 (1009). Buenos Aires, República Argentina. Nunca había probado esos dulces, y me encantó el relleno de arequipe o dulce de leche, como le decían los argentinos.

Las mujeres usaban abrigos de piel en el invierno y en el verano salían con ropa informal por las playas de Mar del Plata. Algunas llevaban sombreros con plumas y otras, pavas muy anchas. En las fotografías que me mandaba, mi hijo se veía muy apuesto en medio de todas esas chicas carilargas de tez blanca. En una de mis cartas le pregunté que si todo el mundo bailaba tango en la Argentina. Él me contestó con sinceridad que hasta la fecha no había conocido a nadie que escuchara o supiera bailar tango. Dionisio me aseguró que las chicas con quien él salía pensaban que Carlos Gardel era el nombre de una confitería en la calle Humboldt. Me parece estar viendo a Jesús con los ojos tiernos el día que le contaron que Gardel había muerto en un accidente aéreo en Medellín. Nunca lo había visto tan triste, excepto la vez que Rosario se casó y se fue con su marido. Creo que odiaba los tangos porque me recordaban las andanzas de Jesús y sus ausencias. El viejo estuvo deprimido por algún tiempo, pero yo sé que recordaba más las letras de *Mi Buenos Aires querido* o *Cuesta abajo* que los nombres de sus propios hijos.

Dionisio me decía que el sonido de la elle y de la ye no era como el nuestro y por eso al principio él no entendía muchas palabras. Con los años, Dionisio adquirió el deje de los argentinos, así como sus costumbres. En vez de comer arepa con chorizo, se comía una tortilla española acompañada de pan francés. Al bocadillo de guayaba lo llamaba membrillo y si se acompañaba con queso era bocado de vigilante, como le decían los de la Boca, un barrio de italianos. Lo llamaban así porque era la merienda de los guardianes nocturnos. Al sudado que yo preparaba con papas, yuca, carne de pecho y a veces plátano maduro, Dionisio lo llamaba puchero. Para mí era igual, con tal que se comiera lo que yo le preparaba. En casa no se tomaba vino ni tampoco se conocía un cigarrillo o algo parecido desde la muerte de Jesús. Pero él llegó con una pipa en la boca y hasta el sótano de la casa se impregnó de un olor a caracuchos[107].

En las cafeterías de Armenia, cerca de la galería, se tomaba pintadito y café con leche con pandequesos, buñuelos o empanadas, pero él las comenzó a llamar confiterías. Una vez le pregunté qué significaba esa palabra, porque yo la asociaba con confeti o caramelo. Él me dijo que era como un barcito donde se tomaba café *espresso*, helado o una torta al estilo francés. Yo le dije que se dejara de majaderías porque no estábamos ni en Francia ni tampoco en la avenida de Mayo. Fui muy franca y le aclaré que no confundiera un tamal con un alfajor o una cuca con una medialuna. Lo más parecido a una confitería era El Destapado, un negocio donde se tomaba tinto y se hacían cambalaches. Yo era una de las pocas mujeres que entraban allí porque era un lugar reservado sólo para los hombres. Las otras pocas mujeres en El Destapado eran las vendedoras de cigarrillos y de lotería. Los cafeteros, ganaderos y comisionistas se acostumbraron a mi presencia y me trataban con mucho respeto. Así mismo, me irritaba sobremanera que cambiara el nombre de la chunchurria, los hígados, las mollejas y el corazón por el de picada. Al fin y al cabo, eran las mismas vísceras en todas partes.

Dionisio vivía como pensionista en Coronel Pringles, un hotel que pertenecía a unos parientes de míster Bremer. Cada mes yo le giraba dólares para cubrir el alquiler, la comida y sus estudios en el conservatorio. Él llegó a Buenos Aires en un invierno muy crudo y tuve que mandarle más dinero para que comprara abrigos, bufandas, guantes y botas. Míster Bremer no lo había reconocido cuando fue a recibirlo al aeropuerto. Dionisio se había dejado crecer el bigote y ya tenía indicios de calvicie prematura. Míster Bremer estaba casi ciego y le dictaba cartas a su sobrina en las que me contaba sobre la vida de mi hijo. Míster Bremer comparaba al general Juan Domingo Perón con Adolfo Hitler y mi hijo decía con orgullo que sus compañeros de clase iban a las marchas para apoyar al dictador Perón. Sus amigos de la facultad eran los hijos de altos funcionarios del Estado.

Yo había llegado a estas montañas a lomo de mula, con una muda de ropa y sin un real. Había visto crecer a Armenia alrededor de la galería y de la calle dieciocho. En pocas décadas se había transformado en un pueblo de provincia lleno de cantinas, unos cuantos prostíbulos,

---

107 *Caracuchos*: plantas balsaminácea de América, de flores amarillas.

cuatro colegios, tres depósitos de café, dos parques, una catedral, el correo municipal, la alcaldía y el teatro Bolívar. Por el contrario, mi hijo había llegado en avión a una metrópoli. Él no tenía que buscar un empleo porque iba a estudiar. En numerosas ocasiones me preguntaba si al alejarse de mí y de la vida que tanto detestaba, no estaría huyendo de sí mismo. Dionisio no frecuentaba las fuentes de soda ni asistía como sus hermanos a los partidos de fútbol en las tardes de domingo. Las corridas de toros le producían náuseas y no sabía de qué hablar con las chicas de su edad porque, según él, eran muy tontas. Yo me daba cuenta de que con los otros muchachos tampoco se llevaba muy bien. No me extrañaba que mi hijo no estuviera en una esquina con sus compañeros de clase del San José, recostado en la pared mirando a las jovencitas que salían en las tardes de las Capuchinas o del Oficial. Dionisio pasaba horas en la sala de la casa con el oído pegado a un parlante escuchando radionovelas o repitiendo en el gramófono la ópera *Casta diva* por María Callas.

A mí no me deslumbraban los monumentos de Buenos Aires ni las hazañas de Evita Perón. Esa ciudad austral sería para mi hijo su mayor descubrimiento porque empezaría a colonizar su propia alma. Él no tendría que cazar o tumbar monte, como lo hicimos su padre y yo, pero estaría en la obligación de enfrentarse a sí mismo en un territorio nuevo. Yo llegué aquí cuando ni siquiera había caminos; mi hijo arribaba a un lugar en donde él podía pasear por los bulevares, los cines o los puertos.

No volví a recibir señales de vida de míster Bremer. Me enteré a través de Dionisio que se había muerto de un infarto. Desde hacía varios meses, Dionisio se había ido del hotel de los familiares del difunto Bremer. Vivía en un piso en San Telmo con un estudiante peruano de apellido Matto. En sus cartas ya no me hablaba de sus clases de solfeo o de un piano que quería comprar. Ahora me contaba sobre los discursos de Evita. La trataba como a su novia. Se había aprendido las palabras que decía por la radio y me las transcribía en el papel como notas musicales. Llevaba el itinerario de sus visitas a los barrios pobres de Buenos Aires y a los hospitales, y tenía un álbum de ella con recortes de prensa. Una vez me mandó uno en donde Evita aparecía saludando al Papa. En realidad era muy bella, así como él me la describía. De acuerdo con el periódico, sus joyas eran muy costosas y decía que sus trajes eran diseñados en París por Chanel.

Dionisio no me escribió por un lapso de cinco meses y pensé que estaba en un hospital o algo por el estilo. A través del consulado colombiano en Buenos Aires lo pude localizar. No había ni querido hablar con sus amigos desde la muerte de Evita Perón. El día de su funeral consiguió prestado un uniforme por intermedio del hijo de un almirante de la marina y se hizo pasar por uno de los guardias que velaban el féretro de Evita Perón. Nadie lo descubrió y así pudo ver de cerca a la finada.

Cuando leí en la prensa que el general Perón había sido derrocado, le envié el pasaje para que regresara. Sin embargo, me respondió en un telegrama que todo estaba bien y que a él no lo molestaban por ser estudiante extranjero. Cada vez tenía que mandarle más dinero porque ya no le alcanzaba. Me decía que ahora estaba perfeccionando su voz con un profesor de canto llamado Abel Piazza, que había sido alumno de Enrico Caruso. Para Dionisio era un honor estar en sus clases porque el maestro Piazza escogía a sus propios pupilos. Por lo tanto, sus gastos habían aumentado, entre ellos los honorarios del profesor. Según mi hijo, el maestro tenía su estudio en un tercer piso de la calle Lavalle y estaba conectado con gente de la radio. El profesor le había dicho que él podría presentarlo como debutante en una de las emisiones dominicales.

Años más tarde, él mismo me confesaría al pie de mi cama que lo perdonara porque el dinero que le envié para el piano se lo dio al peruano porque se lo debía, pero que lo del profesor Piazza sí era verdad. Sin embargo, después de las clases se iba a los teatros y se quedaba hasta la madrugada viendo las revistas musicales o las películas de Libertad Lamarque. Dionisio ya no iba al conservatorio ni tampoco a sus clases privadas con el tenor. En el piso de San Telmo hacían fiestas con frecuencia, hasta que el dueño los echó por los escándalos. Me habían devuelto la correspondencia y yo pensaba que era una equivocación.

Empecé a tener mis cavilaciones sobre los adelantos académicos de mi hijo cuando él me escribió pidiéndome más dólares porque consideraba que un cantante tenía más futuro en Milán que en Armenia. Su nuevo proyecto era irse a Europa a mis costillas. Muchos de sus amigos porteños ya habían viajado a París porque consideraban que Buenos Aires era aburrida, la gente sólo hablaba de fútbol y lo peor era que no había cultura. A mí me tenían sin cuidado los motivos por los cuales sus conocidos, poetas, escritores, actores o compositores habían decidido largarse de la ciudad. Yo había sido una inmigrante pero no necesité irme al fin del mundo para lograr lo que quería. Armenia no era propiamente el ombligo del mundo. En todos los rincones y en todas las épocas se había escrito poesía, aunque era escasa la buena poesía por esos días. Él tendría que regresar a su país, a su provincia y a su casa para probar que hasta un trozo de rellena merecía unos cuantos sonetos.

De inmediato le envié el tiquete de regreso. En una nota le decía que si no volvía, lo desheredaba. Al mes llegó con diez maletas y un biombo japonés en la mano. Él sabía en su interior que yo no sería capaz de cumplir mi promesa de dejarlo por fuera de mi testamento, pero no se atrevía a correr el riesgo. Además, cuando se enteró de que ya no tenía efectivo en el banco, empacó sus libros, sus corbatines y el retrato de doña Eva Perón y retornó.

Yo conocía muy bien a mis hijos. Cuando se trataba de dinero, ellos no disimulaban su ambición. Dionisio me reclamó lo que le correspondía por parte de la herencia de su padre. Él ya había cumplido la mayoría de edad y consideraba que tenía derecho a su herencia. En su haber de adulto ya era viudo, aunque jamás me dijo que se había casado con una porteña. Lo supe porque encontré entre sus papeles un formulario de solicitud de visa para Francia. Tanto su nombre como el de su esposa estaban allí consignados: Dionisio Márquez González; estado civil: casado; esposa: Victoria Musali de Márquez. Él jamás me habló de su matrimonio en las cartas y menos aún mencionó el fallecimiento de mi nuera. Victoria había muerto de leucemia después de un año de casados. La conocí porque me mostró su fotografía. Era una chica muy hermosa, tenía cabello negro y abundante. Si no hubiera sido por su mirada tan triste, diría que se parecía a mí. Matto, su amigo peruano, se la había presentado en la facultad de música y tres meses después se desposaron en secreto. Ella siguió viviendo en la casa de sus padres. Los dos muchachos participaban en los comités de las juventudes peronistas y ayudaban en las juntas encargadas de distribuir alimentos en los barrios pobres de Buenos Aires. La enfermedad de Victoria no le dio mucho tiempo y Dionisio la visitó en su tumba de la Recoleta hasta el último día que permaneció en la ciudad.

Muy pronto entendí que más allá de la suma reclamada, él me pedía con urgencia su libertad. Nunca le había faltado nada en la vida y ya era hora de darse cuenta de que las estrellas no eran pandequesos ni la luna, un buñuelo. No resultaba fácil desprenderme de él y mucho menos ser capaz de negarle un centavo si se gastaba la herencia de su padre en parrandas. Me molestaba admitir mi vulnerabilidad. Por consiguiente, liquidé algunas acciones, vendí unas tierras para cubrir su parte correspondiente y abrí una cuenta bancaria a su nombre, pero sin que él lo supiera, para que le quedaran reservas. Desde la muerte de Jesús, yo había sido la administradora de todos los bienes y tarde que temprano los hijos me pedirían los balances.

En la casa de la avenida Bolívar me dejó sus maletas y el retrato de Evita y se marchó para México con su plata. En las cartas me decía que estaba tomando clases de teatro en la Universidad Autónoma de México. Se había inscrito en el curso número tres, llamado Bertolt Brecht. Me alegraba que estuviera contento, pero ser un actor en las montañas era como sembrar una orquídea en una cochera de marranos. Los actores se morían de hambre o terminaban en los circos. Me atormentaba la idea de que no se casara de nuevo y sentara cabeza, aunque fuera en la Patagonia.

Para mi tranquilidad, me escribió luego y me dijo que se había dado cuenta de que su verdadera vocación era ser compositor. Mis conocimientos musicales eran muy limitados y nunca se me ocurrió que un compositor era como un escritor. Los compositores contaban historias o expresaban sus frustraciones a través de sus canciones y, además, ganaban más dinero que un actor. Pero recordaba la biografía de Mozart que me prestó monseñor y me producía escalofríos pensar que mi hijo terminaría en una fosa común. No ponía en tela de juicio su talento, pero sí su capacidad de controlar sus impulsos de niño malcriado.

Desde México me mandaba paquetes con discos de setenta y ocho revoluciones. Yo me compré una radiola Motorola que parecía un bifé[108]. Marta María, mi hija menor, me ponía la música y yo me pasaba horas escuchando las composiciones de mi hijo. Me sentía orgullosa

---

108 *Bifé*: Alacena (Colombia).

de él y de su trabajo. Las letras de las canciones eran historias de amor que terminaban en tragedias, o cantos de admiración a la madre u odas a los cafetales. A veces las muchachas del servicio me llamaban a la cocina porque en la radio estaban Lucho Gatica, Leo Marini o Toña la Negra interpretando alguna de sus composiciones. Sus nuevos amores eran María Félix, Javier Solís, Pedro Infante y Antonio Aguilar, a quienes había conocido en persona. Hasta se había tomado una fotografía al lado de la Félix.

Dionisio permaneció diez años en México. Cuando regresó a Colombia de tierras aztecas, llegó con veinte baúles y una docena de amigos. De la Argentina sólo había traído la mitad del equipaje que ahora lo acompañaba. Se había dejado crecer la barba y su cabeza era lampiña. Aparentaba más años y se veía guapísimo con su traje blanco y su corbatín vino tinto de seda. Me trajo de regalo tres mantillas negras, una bolsa llena de jalapeños porque a mí me gustaba el ají, una estampa de la Virgen de Guadalupe y un dibujo a lápiz de mi cara cuando estaba joven. Así mismo, me dio un lorito que cantaba *Las mañanitas*, el *Ave María* y algunas de sus composiciones. El pajarito se murió a las pocas semanas de haber llegado a Armenia porque Dionisio lo alimentaba con vino en México y yo le daba pan con chocolate. Además, se trajo consigo un séquito de cantantes y a mis puertas llegó don Leo Marini, cuya voz no encajaba con su aspecto físico. Era pequeño, tenía un bigotito muy negro y se echaba demasiada gomina. Se vestía con trajes de color pastel y era muy meloso. Tomaba vino al desayuno, almuerzo y comida. Creo que cuando llegaba a las presentaciones en el teatro ya estaba mareado.

Mi casa se convirtió en un hotel de cinco estrellas. Cuando me vine a dar cuenta, me había convertido en la sirvienta de los invitados de Dionisio. La cocina no se cerraba, las sábanas no eran suficientes para cambiar las camas todos los días y las aseadoras se quejaban por el humo del cigarrillo de los artistas. Hasta que se me llenó la copa con sus mariachis. Ya no se podía ni entrar a los baños porque siempre estaban ocupados con las estrellas del espectáculo. Un día encontré un guitarrón sobre mi cama y le dije a Dionisio que se buscara su propia casa para atender sus negocios. Mi tolerancia también tenía límites.

Los músicos no volvieron a mi casa de la avenida Bolívar en Armenia ni tampoco a Colombia. Ya no tenían hotel gratis y Dionisio había perdido mucho dinero como agente de espectáculos. Entonces él abrió un almacén de discos para vender su propia cosecha, pero las ventas no daban ni para pagar el alquiler. Montó una discoteca, pero la tenía que cerrar temprano por falta de clientes. Dionisio me decía que sólo era cuestión de tiempo, hasta que la gente supiera del sitio. Pero yo sabía que no irían a Los Diamantes, así se llamaba el bar, porque nadie quería escuchar cantantes mediocres con nombres raros como Marlowe. Pero él decía que así se descubrían los grandes talentos, como había sucedido en los casos de Javier Solís y Cantinflas.

Por el contrario, el público sólo deseaba bailar cumbias y hacer el amor en los rincones, en medio de la oscuridad del bar. Cómo lo detestaban por delatar por el micrófono a sus visitantes nocturnos:

—Un saludo especial para el doctor Arango, que está en la mesa número tres –decía Dionisio pensando que les hacía un favor. Pero así fue como espantó a la gente porque los gerentes no querían que sus esposas se enteraran de sus aventuras con las secretarias. Mi hijo estaba convencido de que todo funcionaría como en los clubes nocturnos de México. Era ingenuo, porque una discoteca en un sótano de una ciudad de provincia no era el lugar adecuado para recitar poemas silenciosos. Dionisio se negaba a entender que aquí se lloraba por dentro con las letras de los tangos y las milongas. Una discoteca era un templo de la diversión y no el mejor escenario para mostrar las tripas.

Dionisio me dijo en la cara que él era un aborto de la naturaleza. Yo le reproché su alevosía porque estaba frente a un ser que sufría. A sus cuarenta y dos años se sentía un advenedizo. Me daba pena y a la vez sentía furia al observar que mi hijo no había hecho nada con su vida y que además culpara a los demás de sus propios errores. Para él era muy cómodo transferir sus culpas y para mí era muy desmoralizante ver que no lo podía ayudar a pelear su propia batalla. Yo había liberado las mías y el único consuelo era mi trabajo. No les di tregua a mis flaquezas y luché como una leona para proteger a mis cachorros. No tuve tiempo para pensar en lo triste que estaba porque si lo hubiera hecho no estaría contando el cuento. ¿Cómo un ser que yo había creado no podía enfrentar sus contiendas? ¿En dónde estaban mis genes o los de su padre? Pero a estas alturas de mi vida no me sentía tan culpable porque Dionisio había tenido más de lo que él podía esperar.

Me costó toda una vida aceptar a Dionisio con sus debilidades, sus fracasos y su arrogancia. Sólo creo que al final de mi existencia llegué a comprender que yo no lo había hecho de roble sino que era tan vulnerable como un huevito de gallina cubana. Con el tiempo, su resentimiento contra mí creció, como su desencanto consigo mismo. En los actos cotidianos yo sentía las punzadas de sus palabras. Me ocupaba de sus alimentos y él me respondía con el plato en el suelo. Decía que lo que le servía era comida para perros. Los chandosos que tenía en las fincas me mostraban un agradecimiento infinito con sus colas que chocaban contra mi falda porque les daba sobrados. Mi propio hijo me miraba con rencor cuando le preparaba sus filetes casi crudos, como a él le gustaban. No me dirigía la palabra por semanas y luego se aparecía en mi dormitorio con un ramo de flores.

Capítulo XXI

Mi hija

Marta María era mi única hija. Ella no fue la excepción del exilio obligatorio. Así como sus hermanos, también tuvo que salir de la montaña por miedo a un secuestro o algo peor. Las monjitas de la Presentación se ocuparon de su educación en Medellín. Yo no tenía tiempo ni tampoco paciencia para dedicarme a mi hija. Las religiosas me convencieron de que harían un buen trabajo y delegué en ellas la formación de Marta María. Se parecía a mí en la cara pero no tenía mi carácter. Lo supe desde que nació, en el preciso momento en que las niñeras se encargaron de amamantarla porque era sietemesina. Fabio, mi otro hijo, y Marta se llevaban un año e hicieron la primera comunión juntos. Eran muy buenos amigos y Fabio la defendía de sus hermanos mayores.

Las hermanitas me mandaban buenos informes de su conducta y de sus calificaciones. Casi no la veía porque yo no salía de las haciendas y ella estaba muy lejos de mi alcance. Cuando cumplió quince años le regalé un broche de oro en forma de sol. Recuerdo que organicé una fiesta en la terraza alrededor de la piscina de la casa de la avenida Bolívar y le mandé a coser un vestido de tules. La pollera se esponjaba y desprendía colores celestes. Mi hija tenía bonitas piernas y sus senos eran voluminosos, como los que yo tuve cuando era joven. Las chicas de su edad se peinaban como en los retratos que yo había visto de Evita Perón. Le tenía prohibido que se pintara los labios o se hiciera algún lunar cerca de la boca. Ni yo ni sus hermanos dejábamos acercar a ningún muchacho a la casa. No quería que se casara porque todavía ella miraba el mundo por un rotico. Me habría gustado que disfrutara su juventud y su belleza. De hecho, cuando me di cuenta de que recibía notas a escondidas de un pretendiente hice los arreglos con las hermanitas de la Presentación para que se fuera para Washington a estudiar inglés.

Marta María permaneció unos años en los Estados Unidos pero no aprendió el idioma. Era la primavera de mil novecientos cincuenta y nueve en Washington. En las fotografías que me enviaba por correo aparecía con su amiga María Teresa, oriunda de Bucaramanga, frente al río Potomac. Sus uniformes negros y las boinas contrastaban con las flores de los cerezos japoneses. Los árboles regaban sus frutos en los prados, a pesar de la pulcritud de los monumentos. Nunca visité la capital de Estados Unidos, pero me conformé con saber que ella pisaba el suelo del mejor país del mundo.

Yo quería que se quedara allá y se casara con un gringo o al menos con alguien de su clase, pero no le prestó ni cinco de bolas al hermano de María Teresa, que la adoraba. El chico era un estudiante de ingeniería en Harvard y visitaba con asiduidad a su hermana en el internado de las monjitas de la orden de la Presentación. Así fue como conoció a Marta María. Él las acompañaba los domingos en sus paseos matutinos alrededor de la Casa Blanca.

Marta María había guardado todas las cartas de amor de Esteban, aun después de su matrimonio con otro. Por eso pude leer la correspondencia que encontré con las fotografías. Esteban era hijo de un industrial santandereano. Su padre lo envió primero por temor a su secuestro. Luego preparó todo para que María Teresa saliera del país. Mi hija me contaba que su amiga era muy distinguida pero que robaba dulces en Woolworth's, almacén parecido a los Ley. Marta María me dijo que su amiga le confesó que tenía una enfermedad llamada cleptomanía. La pobre chica no podía controlar sus ganas de robarse algo cada vez que se le presentaba una oportunidad. Le dije a mi hija que no saliera mucho con ella porque si la cogía la policía y ella estaba con

María Teresa las dos se iban para la cárcel, aunque ella no tuviera que ver nada en el asunto. Mi hija me prometió que no la vería más pero su fuerza de voluntad era tan débil que su amiga la persuadió y le dijo que trataría de controlar sus manos.

A mí me encantaba que Esteban pretendiera a Marta María, a ver si se olvidaba de su novio en Colombia. Pero siempre pensé que las gallinas dejaban el maíz regado en el patio para ir a comer mierda al cafetal. Mi hija ilusionó a Esteban y aun cuando ella regresó al país, él la llamaba por teléfono a la casa con regularidad. Cuando el chico se enteró de que Marta se había casado, se metió un disparo en la cabeza en el dormitorio de la universidad. Mi hija era tan engreída y desconsiderada que nunca tuvo el valor de decirle al muchacho la verdad de sus sentimientos.

Sin mi consentimiento, siguió carteándose desde Washington con un pelagatos y cuando regresó se casó a escondidas con él. Su marido era un buenavida que no le gustaba trabajar pero sí que las mujeres lo mantuvieran. No necesitaba detectives para que llegaran las noticias de sus andanzas a mis oídos, porque hasta las verduleras de la galería sabían sus escondrijos. Él tenía dos mujeres: ambas mayores que él y estériles. Luego comprobé que su instinto paternal era nulo y tuvo el pudor de reconocer que no le gustaban los niños. Sin embargo, sus amantes lo aceptaron como era y se quedaron con él.

Él había empeñado todas las joyas que le di a mi hija, entre ellas el sol de oro de quinceañera. Cuando le reclamé el prendedor a Marta María, me dijo que los ladrones habían entrado en la casa y se habían llevado su joyero. Lo echaban de los lugares en donde yo le conseguía empleo. Le di la administración de El Vergel, una de mis haciendas, y no daba cuentas de las ventas de café o plátano. Según él, la hacienda sólo producía pérdidas y con el café de la cosecha se pagaban las deudas.

Su padre era dueño de un almacén de repuestos y tenía una moza con seis hijos, además de los tres que ya tenía con su legítima esposa. Rosita, mi consuegra, sabía hasta dónde vivía su rival y los nombres de todos sus hijos, pero no tuvo el valor de dejarlo porque jamás le faltó con la comida o el pago del alquiler. En el rostro de Rosita no se notaba ni el más mínimo gesto de rencor o frustración. Todos los días iba a misa a las seis de la mañana y regresaba con una sonrisa, como si las cosas fueran a cambiar porque le rezaba a san Antonio para que le devolviera a su marido perdido. Yo no la juzgaba por ser una vieja cornuda, porque Jesús no fue precisamente san Francisco de Asís. A mi marido lo pillé pasándoles billetes escondidos entre los calcetines a las sirvientas. Yo admiraba la entrega de Rosita, su fe e ingenuidad. De mi lado, yo no pensaba que Dios obraría sin mi ayuda y si recé en mis horas de coraje fue porque le rogué a Dios que me quitara a mi esposo de encima. ¡Ave María purísima, que Dios me perdone!, pero digo la verdad.

Rosita me decía que ojos que no ven corazón que no siente, pero mis ojos no los tenía en el corazón sino en la cabeza. Entre las mujeres de mi generación la infidelidad se aceptó como parte de la vida diaria y mientras el marido cumpliera con sus obligaciones de padre, no se discutían los asuntos de las amantes. Al fin y al cabo, las otras eran mujeres de la calle. Pero ¿qué ocurriría en el caso de que la otra se convirtiera en la número uno? Rosita siguió creyendo hasta el día de su muerte que don Pablo, su marido, la respetaba y la quería más que a la otra.

Don Pablo, mi consuegro, era muy amarrado y no les daba ni un dulce a mis nietos, pero con toda la prole que tenía para alimentar, no lo culpaba. Mi yerno era buen mozo y me desagradaba que mi hija fuera tan superficial porque se había enamorado de él por su apariencia. A los doce años ya tomaba aguardiente con sus compañeros del colegio Rufino en las cantinas y de adulto aumentó su atracción por el licor y la marihuana. Don Pablo no fumaba, ni tampoco Rosita. Por primera vez en mi vida escuché la palabra marihuana y en un principio pensé que se trataba de la mejorana, que usaba para condimentar el caldo de gallina. Mi hijo mayor fue quien me explicó qué era y cómo la usaban los chicos. No había nada oculto en la viña del Señor. Me enteré de que mi yerno era marihuanero porque los peones de la finca lo encontraron fumando. Mi yerno se drogaba en mis propias narices y yo creía que le faltaban luces.

Doña Berta, una vecina que lo había conocido desde pequeño, me preguntaba con desconcierto cómo era posible que mi hija hubiese puesto los ojos en semejante pegote, con tantos hombres que había en el mundo. Yo misma me lo había preguntado muchas veces. Siempre concluía que era en parte mi responsabilidad por la estricta educación que le había dado.

Quizás el hecho que me producía más frenesí era verla cuando llegaba a la casa con los ojos morados. ¿Cómo mi hija se dejaba golpear de ese hijueputa? Jesús lo había intentado conmigo una vez pero se arrepintió porque le rompí un tronco de leña en la espalda y el doctor Orozco tuvo que fajarlo por un mes. Pero lo peor era que Marta María no lo abandonaba. Ella le tenía miedo y volvía a los pies de su amo para que la pateara. No me cabía en la cabeza que mi hija no tuviera peso en la cola y, más que eso, amor propio. Por fin comprendí que ella no tenía la fuerza de voluntad para dejarlo pero yo sí tenía el poder para detener la destrucción de mi hija en manos de un sicópata. Por las guachadas de mi yerno Marta María había perdido su primer bebé a los cinco meses de embarazo, porque él le dio una patada en el estómago. Mi hija me había mentido y me dijo que se había caído de un autobús de servicio público. Luego me enteré de que su marido le había dado una golpiza porque sus vecinos escuchaban las garroteras desde el primer piso. Ellos vivían en una casa con balcón en un barrio modesto y yo les pagaba el alquiler. No tenían teléfono, pero el inquilino del primer piso tenía una tienda de donde me llamaba para contarme las entradas y salidas de mi yerno. Yo le daba a don José una propina por sus servicios y una vez él mismo tuvo que llamar a la policía porque pensó que Marta se había suicidado. Marta se lanzó por la ventana con el niño mayor porque su marido la estaba zurrando. De milagro no les pasó nada al caer al patio de don José. Cuando llegué, porque don José me llamó a la casa, Marta estaba en el suelo llorando y abrazada a su hijo. El desgraciado se había escapado por el balcón.

La traje a la quinta con mis nietos, por encima de la opinión de los otros hijos y de mis amigos. Sus hermanos le habían prohibido la entrada a la casa. Leonardo decía que ella era una mujer casada y su marido tenía que mantenerla. Pero yo no podía botar a mi hija —que ya tenía tres hijos— a la calle, aunque su marido fuese un sinvergüenza. La obligué a que se divorciara porque con otro niño más no la podía sostener. En pocos meses logré, a través de mis abogados, la separación de bienes pero no la anulación del matrimonio católico de Marta María. Cuando la recogí con sus muebles, estaba muy delgada y contestaba con monosílabos. Yo tuve que ocuparme de mis nietos porque ella se refugió en sí misma. Marta María pasaba despierta toda la noche y demoró algunos años en recuperar su tranquilidad. La llevé donde varios especialistas, incluso le conseguí la cruz de Caravaca porque me dijeron que alejaba los malos espíritus. En sus agotadoras horas de insomnio ella oía que un perro encadenado se arrastraba alrededor de su lecho. Sus alucinaciones me tenían enferma, pero la medicina y los ajos que le daba la ayudaron a superar la crisis.

Capítulo XXII

El secuestro

Cuando monseñor me llamó a medianoche para confirmar mi sospecha, se me heló la sangre. Leonardo no me había traído esa mañana la leche ni las naranjas de la finca. Pensé que se había quedado durmiendo con una de sus queridas porque su mujer me llamó a ponerme la queja de que él no había ido a su casa la noche anterior. De inmediato tomé un taxi y fui a la casa de la Repolla, una de sus más fervientes amantes. Rocío, conocida como la Repolla por su legendario trasero, se levantó en bata de dormir y no se sorprendió al verme en la puerta. Ella sabía que algún día vendría a buscarlo. Nunca me había metido en los asuntos de cama de mi hijo, pero cuando se trataba de su protección hacía cualquier cosa. Nos miramos las dos de pies a cabeza; entonces comprendimos que estábamos luchando por la misma causa. Ella tampoco sabía del paradero de Leonardo. Hacía dos días que lo había despedido muy temprano con un abrazo y un beso. Me contó que esa mañana había llorado mucho y pensó que se debía a que se sentía culpable y le daba pena por la esposa de Leonardo. Rocío le repetía a Leo sus obligaciones como marido y le recordaba todas las noches que no era buena idea dejar sola a una recién casada.

Mi hijo tenía buen gusto para escoger a sus mujeres y la Repolla no era la excepción. Rocío era una morena de nalgas anchas y duras. Su cabello era corto y de color castaño, sus ojos muy oscuros y su nariz y boca delataban gotas de sangre blanca. Mi segundo hijo ya se había casado, pero no le faltaban sus líos de faldas. Él tenía dos hijos fuera de su matrimonio y era muy responsable con la manutención de los chicos. Los niños no eran hijos de la Repolla sino producto de su primer enamoramiento. Leonardo nunca quiso darles su apellido, pero les mandaba la comida y la ropa. No sé cuántas mujeres tenía porque era muy reservado; yo me enteraba de sus andanzas por los chismes que me contaban las cocineras, los mayordomos o los conductores.

Pues bien, lo que tanto había temido ocurrió sin remedio. Según el administrador de la finca, mi hijo nunca llegó a la hora de costumbre. Los trabajadores encontraron su camioneta sin gasolina y sin los documentos de registro. Un agrónomo y el chofer que viajaban con él nos contaron a la policía y a mí cómo sucedió todo: eran aproximadamente las seis de la mañana e iban conversando acerca de los planes para tumbar cafetales viejos y sembrar caturra, una nueva especie de café. La Federación Nacional de Cafeteros recomendaba que el caturra era la mejor opción porque, entre otras razones, se podían sembrar más plantas en menos hectáreas. Se suponía que su aroma y sabor eran mejores que los otros. Yo les tenía más confianza al café borbón y al arábigo, que a los híbridos de la Federación. Yo misma los había cultivado toda mi vida, y con buena sombra de guamo y lluvia sacaba mis cosechas. Pero mi hijo quería innovar en las haciendas y traer nueva maquinaria de Brasil.

Volvamos a la historia. De pronto, a la altura del puente Calamar, se atravesó un *jeep* rojo y el chofer tuvo que detenerse. Del interior del carro salieron cuatro tipos vestidos con traje militar y ametralladoras. Le dijeron a Leonardo que era un secuestro y que por favor los acompañara. Tanto al agrónomo como al chofer los amarraron y los dejaron tirados en la carretera. A Leo se lo llevaron con los ojos vendados y las manos esposadas. De acuerdo con los dos testigos, mi hijo no se quedó quieto ni callado. Leo le dio una patada en los cojones a uno de los secuestradores y les gritó que eran unos hijos de la gran puta. Uno de ellos no titubeó y le tumbó los dientes de un culatazo.

Desde el primer momento comprendí que la policía no era mi mejor aliada porque, entre otras cosas, ellos no tenían muchos recursos.

Por lo tanto, monseñor me recomendó que me dirigiera a un general del ejército de apellido Payares Peinado, quien me recibió esa misma noche en su casa. Me brindó una copita de aguardiente y probé ese licor por primera y última vez en mi vida. El general Payares me hizo muchas preguntas que ahora no recuerdo muy bien, pero hubo una en particular que me dejó cavilando y pensando en la posibilidad de tener enemigos. ¿Quiénes eran estos sinvergüenzas que ocultaban el rostro? ¿Por qué habían escogido a uno de mis hijos? ¿Con qué derecho lo privaban de la libertad? No dudaba de que mi hijo tuviera cuentas pendientes, pero en cuanto a mí se refería, no le debía dinero a nadie, nunca le había hecho ningún mal a la humanidad; lo único que había hecho en la vida era trabajar como una burra para pagar impuestos y para tapar las locuras de mis hijos.

Payares Peinado vino a visitarme a mi casa al día siguiente y me dio instrucciones: que yo era la única que debería contestar el teléfono en un cuarto privado, y que por ninguna razón debería comentar a mis amigos los detalles de mis conversaciones con él. Nadie podría saber acerca de nuestras continuas reuniones. Las personas que vinieran a la casa deberían hacer cita y por ningún motivo se abriría la puerta sin conocer al visitante. Todos los empleados que tenía en la casa y en las haciendas eran sospechosos. Durante varios meses no pude ir ni a la esquina sin ser vigilada. Los pagos de los salarios del personal que trabajaba para mí se hacían desde una oficina en Armenia para evitar riesgos de cualquier tipo. Payares me había preparado para lo peor desde mi primer contacto con él.

Luego de una semana de zozobra recibí una carta que echaron por debajo de la puerta, en la que me decían que esperara una llamada telefónica. En efecto, los secuestradores se comunicaron conmigo. Cada vez que llamaban a la casa escuchaba voces distintas: a veces era la de una mujer, otras la de un hombre, y hasta usaron la de un niño. Los mensajes se cortaban y me colgaban sin que yo pudiera responder. Yo le reportaba a Payares estos pormenores y él no mostraba ningún asombro. Parecía que él conocía muy bien los hábitos de los secuestradores y siempre me anticipaba la próxima maniobra de los malevos. Me molestaban sus cejas tupidas, que impedían ver el color de sus ojos. Pero tenía que dominarme para no llorar frente a un hombre desconocido. El general Payares Peinado era el único que podía hacer algo por mi hijo. Sin embargo, yo veía como aves de mal agüero a los militares y a las adivinas. Desde la muerte de mi marido, no había visitado a las brujas porque me aterrorizaba saber el futuro. Pero ya había escuchado el canto del pájaro trespiés en el jardín, aun antes de la desaparición de mi hijo. No era una buena señal. Recuerdo que unos días antes de la muerte de Jesús, el plumífero no dejó de molestar en la casa del barrio Berlín. Para agravar mi paranoia, una mariposa negra del tamaño de una tórtola se posó en la pared de la habitación que ocupaba mi hijo en la casa cuando estaba soltero. El insecto apareció allí a los tres días del secuestro. Por más que intenté espantarlo, no se marchó. Después de dos meses sin tener noticias de Leo, excepto por las llamadas, decidí contratar los servicios de una mujer que hacía riegos y trabajitos. ¡Qué más daba, no tenía nada que perder! La mujer me decía que lo tenían muy cerca, en un lugar oscuro y que estaba muy flaco. Payares se enfureció cuando le conté lo que había dicho la adivina.

—Señora, tenga fe, pero no se deje embaucar. Esto es un asunto de inteligencia militar —me repetía.

El repiqueteo constante del teléfono me había sacado de quicio, pero Payares me pedía que tuviera paciencia porque yo era el vínculo con ellos. Por fin me dijeron que si quería volver a ver vivo a mi hijo tendría que darles cien millones de pesos. Además, me advirtieron que no hablara con el DAS (Departamento Administrativo de Seguridad) o con los milicos porque de lo contrario me mandarían el cadáver de mi hijo. Yo les dije que quería escuchar la voz de Leonardo y me lo pusieron al teléfono:

—Estoy bien, mamá, y pague lo que ellos digan.

Era como si otra persona me hablara con la voz de mi hijo. Su tono era tranquilo y no demostraba hostilidad; es más, en las pocas palabras que intercambié con él durante el secuestro percibí una simpatía inexplicable hacia sus captores.

¿Acaso estaban locos? Yo no tenía ese dinero en efectivo y con la ganancia de la cosecha de café anterior había pagado los préstamos a la Caja Agraria y al Banco Cafetero. Les dije que no tenía esa suma y ellos me respondieron que ese no era su problema, que pidiera prestada la plata a otros amigos ricos. Payares Peinado era insufrible y me decía que tratara de negociar con ellos mientras continuaban las investigaciones de rigor. El general decía que los secuestradores se transarían tarde o temprano, porque mientras más tiempo transcurriera, más aumentaría la posibilidad de atraparlos.

—Señora, son delincuentes comunes. No son comunistas —decía Payares Peinado a la vez que se tomaba un tinto.

¡Claro!, como no era su hijo el que estaba metido en un roto! No me interesaba si sus plagiarios eran conservadores, liberales, bandoleros, comunistas, guerrilleros o vulgares malhechores. En un momento de desesperación les dije que únicamente había recogido cincuenta millones porque todo lo tenía invertido. Me contestaron que lo pensarían y respondieron con un sobre que contenía el dedo meñique de mi hijo. En efecto, era su dedo porque no tenía la uña. Leonardo la había perdido en un accidente en la finca. En un descuido suyo, una despulpadora de café casi le arranca el dedo mientras él trataba de repararla. En una nota escrita con letras de papel periódico, decía: "Por tacaña. La próxima vez le mandamos el izquierdo".

Los delincuentes dejaron de llamar por unas cuantas semanas. Me pasaba las noches sin dormir y en esos ocho meses sufrí mucho más que Leo, porque me parecía que en cualquier instante recibiría una noticia fatal. En mis pesadillas veía mi cuerpo reposando encima del escritorio de Payares Peinado y sobre mi vientre se acostaba un hombre negro y pequeñito. El general estaba recostado en una silla, fumaba tabaco y tiraba su pluma al aire mientras el hombrecito me oprimía el estómago. Otras veces soñaba que estaba parada en frente del Palacio Arzobispal y que un jinete, a quien no podía reconocerle la cara, se aproximaba a mí en una yegua para contarme un secreto. Yo no podía entender su bisbiseo, pero lo más parecido que había escuchado en mi vida era una jerigonza en alemán que usaba míster Bremer, mi vecino en Río Verde, cuando charlaba conmigo. Si él estaba muy cansado se confundía y creía que estaba hablando en español, pero en realidad su pensamiento se articulaba en su lengua materna.

Me daba temor quedarme dormida porque hasta las siestas eran una tortura. Una tarde me recosté en un sillón cerca del teléfono. Un saloncito de la casa, que había acondicionado para recibir las llamadas, se transformó en un establo de color rojo. Yo pensaba que estaba soñando y que me iba a despertar, pero no podía porque era imposible cerrar las puertas del lugar. Un tigre se acercaba y quería devorarme. Yo me defendía de los ataques y otros animales que estaban allí huían despavoridos. Muy adentro de mí me repetía que era sólo un sueño y que pronto se acabaría. Por suerte logré despertarme y descubrí que estaba bañada en sangre. Después de haber cumplido los cincuenta años, mis hemorragias nasales habían empeorado. Cargaba en mis bolsillos pañuelos blancos, pero ya poco me servían. El doctor Perdomo me decía que no me expusiera al sol y que reposara.

La Repolla venía todos los días a la casa. La esposa de Leo le había gritado puta en la oficina del general Payares Peinado, pero ella cerró la boca e ignoró los insultos. Yo había seguido manteniendo a los dos hijos no reconocidos de Leo y a la madre. El general me había sugerido que tratara de controlar los arrebatos de mi nuera oficial. Incluso no descartó que ella estuviera involucrada. Sus celos eran desmedidos, pero en mi interior sabía que ella no sería capaz de atentar contra su propio marido por venganza. Rocío guardaba su puesto y algunas veces pensé que su timidez era fingida, pero ella estaba loca de amor por Leonardo y no lo traicionaría. Payares le tenía mucho recelo a la Repolla, por lo que la interrogó varias veces con el detector de mentiras. Ella misma me lo contó y me juró que no tenía nada que ver con el secuestro.

De nuevo los maleantes se pusieron en contacto conmigo y me dejaron intercambiar unas palabras con Leo. Sentí que él me odiaba por no haberles dado lo que pedían y me culpó de su desgracia. Ellos me dijeron que me rebajaban veinte millones pero que no intentara hacer nada antes de entregarles el dinero. No obstante, Payares Peinado me dijo que siguiera al pie de la letra todo lo que los secuestradores me indicaran y que el servicio de inteligencia militar se encargaría del resto. Un taxi me llevó hasta un barrio. No quiero mencionar su nombre. En un maletín azul marino de cuero tenía el dinero, envuelto en hojas de la revista *Cromos*. Lo puse en una caneca de basura y allí lo dejé. Me monté al carro y no quise mirar hacia atrás. El conductor, que era un detective disfrazado de taxista, aceleró y bajamos la falda de la montaña con tanta velocidad que pensé que nos íbamos a estrellar.

Cuando llegué a mi casa, Payares Peinado estaba al teléfono.

—Señora, venga a recoger a su hijo –ordenó el general.

No sabía si estaba muerto o vivo. Cuando lo vi en la oficina del general, casi no lo reconozco. Por un instante pensé que lo habían confundido con otro rehén, pero me di cuenta de que era mi Leonardo porque le faltaba el dedo meñique. Parecía que se había encogido: era como un niño de diez años con la barba del Judío Errante. Mi muchacho no tenía ni dientes. Había perdido más de veinte kilos y su piel y sus ojos tenían un color amarillento. Sin duda, yo debería darle mucho aceite de hígado de bacalao. Su cuerpo transpiraba un olor a moho. Al verme, levantó la cabeza sin afán, se cubrió los ojos con la mano derecha para protegerse de la luz y me dijo que estaba bien. Luego se puso a llorar.

A Leonardo lo habían tenido encadenado a una cama en ropa interior durante todo ese tiempo y sólo le daban una comida diaria. Le habían quitado la ropa, su revólver y los documentos de identificación, en caso de que se volara. Una mujer, a la que llamaban la Mona, se encargaba de los alimentos. Al principio no le permitían bañarse ni mucho menos afeitarse, pero después le traían agua para limpiarse la cara. En el suelo había una letrina y allí mismo hacía sus necesidades fisiológicas, lo cual era casi imposible para él porque estaba siempre encadenado al catre. El cuarto no tenía ventanas y escasamente había espacio para dos personas. Leonardo llevó la cuenta de las dos primeras semanas. No obstante, fue perdiendo la noción de los días y se acostumbró a la ausencia de los rayos de sol. Leo creía que estaba en un sótano porque escuchaba risas y pasos encima de su cabeza. A veces oía riñas de perros callejeros y la voz de un ventero ambulante que gritaba "Buñuelos y natilla". Leonardo jamás olvidó el olor permanente a pan recién horneado que se filtraba hasta el sótano. Al lado de la casa donde hallaron a Leonardo había una panadería y los secuestradores hacían las llamadas desde un teléfono público que estaba instalado allí.

Al tercer mes del rapto, la mujer que lo alimentaba le dio un periódico. En él se decía que se desconocía el paradero de un joven que había sido secuestrado. La Mona le exigió que le leyera en voz alta todo el diario, hasta los avisos clasificados, porque ella era analfabeta.

—Mire cómo viven los ricos. Vea, en fiestas, tan elegantes y nosotros como ratas. Su mamá tiene mucha plata, pero es muy dura y no la suelta –le decía ella.

Un día, la mujer le llevó a Leo un tablero de parqués trazado a mano por ella misma. En el centro había dibujado un corazón. Los dos jugaban durante horas con granos de fríjol que servían como fichas. Los dados los sacaba de en medio de su corpiño y le decía a Leo que allí los calentaba para la buena suerte.

—Mis compañeros no saben lo que nosotros hacemos. Ojalá no se enteren porque de lo contrario nos pasan al papayo –le aseguraba ella

A la Mona no le gustaba ese tipo de vida, pero la tenía que hacer para complacer a su jefe. Según Leo, la chica era rubia y guapísima. No la había visto antes y por su acento parecía costeña. Ella le contaba sobre su infancia en un pueblo de pescadores y le decía que su rostro le recordaba al de su hermano que había muerto ahogado en medio de unos manglares.

A Leo le tomó tiempo habituarse de nuevo a la luz y a las voces de otras personas. El general me había explicado que los secuestradores habían puesto a la Mona como carnada para que Leonardo no se enloqueciera porque pasaba días sin ver ni hablar con nadie. Además, ella le sacaba información y hasta le habló de un plan para que se escapara de allí. Cuando Leonardo fue liberado por los militares, estaba convencido de que ella era su amiga. Su llanto no fue por la emoción de verme sino porque supo que la muchacha murió abaleada durante el enfrentamiento entre los secuestradores y los militares. Para Leo, la Mona representó el único vínculo con el mundo exterior. Él la convirtió en su diosa.

Poco tiempo después me enteré de que la costeña era la amante de mi contador, quien había planeado el secuestro. Él era el jefe de la banda y una de mis sirvientas le informaba de todo lo que escuchaba en la casa. Uno de los agregados de las fincas, que conocía nuestra vida rutinaria, había sido otro de los cómplices.

Capítulo XXIII

Los muebles déco

Mi fortuna se había mermado tres cuartas partes pero aún conservaba la hacienda Los Álamos, cinco casas de alquiler y mi coche particular. Después de la muerte de Fabio vendí La Primavera y me desprendí del ganado. La quinta de la avenida Bolívar demandaba demasiados gastos, como los sueldos de la servidumbre, el jardinero y el chofer. Por lo tanto, prescindí del personal, les pagué sus años de servicio y me fui a vivir a una casa más pequeña. A mi edad no requería lujos pero sí mi reposo. Me quedé con los enseres indispensables y el resto del mobiliario, incluyendo las lámparas de cristal, lo arrumé en Los Álamos. Todos esos objetos carecían de importancia. Yo tenía mucho apego a la vida y si quería pasar mis últimos años con plenitud, era mejor gozar de las cosas simples.

El comején devoró los últimos muebles de estilo déco. La tela verde de los cojines se había podrido por la humedad y apenas quedaban los resortes de cobre, que se asomaban en medio de los huecos de los sillones. Las maletas de Dionisio todavía permanecían con su nombre inscrito en el cuero, las etiquetas de aeropuertos y hoteles. Los baúles forrados en satín púrpura estaban roídos por los ratoncitos y la seda de los corbatines y corbatas de Dionisio había sido el festín de miles de cucarachas. Los guantes y los sombreros habían pasado de moda, pero no para las arañas, que utilizaban los bordados de perlitas para esconder sus huevos. En cajas de madera se conservaban miles de copias de discos de setenta y ocho revoluciones, pero los acetatos estaban inservibles porque las goteras del techo traspasaron las notas musicales. Entre los discos se hallaban imágenes de mujeres que sonreían a la cámara. Una de ellas todavía conservaba la tinta de un autógrafo: "Para que no me olvides. Kika". En un rincón estaba el retrato de Evita Perón y parte de su rostro se había difuminado en el claroscuro del papel. El dibujo de Beethoven, que Dionisio había traído de Chile, aún no había sido tocado por los orines de los roedores. El piano de cola permaneció callado por varios años, hasta que un ministro presbiteriano lo vio en la finca y me ofreció comprármelo para su esposa, quien cantaba y tocaba en los servicios religiosos de los domingos. En el fondo de uno de los escaparates se encontraban paquetes de fotografías envueltos en bolsas plásticas. Allí estaban enterradas las caras de Jesús, Jesús María, Miguel, Israelino, Bárbara, Carmen y mi querida Rosario y su amado míster Stilman. Mis mellizos y Fabio, mis hijitos, reposaban silenciosos en medio de todas esas láminas putrefactas de papel. Sin embargo, lo único que estaba intacto era mi vestido verde esmeralda. Todavía se conservaba envuelto en un papel amarillento. La naftalina era bendita porque ni aun los insectos habían podido acabarlo.

En las paredes de la casa de Los Álamos, pintadas con masilla blanca, estaban colgados los diplomas de mis muchachos, sus medallas, las imágenes más grandes de la familia, los papas Pío XII y Juan XXIII, una pintura de monseñor en una posición de tres cuartos, el Divino Salvador, los telegramas enmarcados del Ministerio de Agricultura en los que me confirmaban el pago de Bellavista y hasta una carta de la reina Fabiola de Bélgica.

Yo me había puesto en contacto con la esposa del rey Balduino I porque ella necesitaba una fórmula para tener familia. Le envié la receta de pelos de mazorca en vino blanco. En la revista *Cromos* había leído un artículo en el que se contaba la tristeza de la reina porque no podía dar herederos a su reino. Su majestad me agradeció con una tarjeta del Palacio de Bruselas y así establecimos correspondencia por muchos años. Su secretario privado, un tal monsieur D'Cardan, me escribía las notas a máquina y ella firmaba con mesura cada carta. Yo me imaginaba a la señora reina en su oficina dictándole al monsieur, pero creo que su ayudante estaba más animado con la idea de dirigirse a seres que nunca había visto ni vería, que la misma soberana. Sin duda, para ella era parte de su trabajo rutinario, pero reconozco que me producía gran emoción recibir los mensajes de monsieur D'Cardan.

Una colección de más de cien revistas *Cromos*, propiedad de Marta María, pasó al patrimonio iconográfico de los mayordomos de la finca. Yo las había echado a la basura porque sólo quedaban jirones de papel. No obstante, las fotografías de la Miss Universo, Luz Marina Zuluaga, o de Rita Hayworth o de cualquier otra personalidad, las recortaban y las pegaban en los muros. Alguna vez llegué a ver la imagen de doña Bertha de Ospina bajando de un avión, que usaban para tapar un hueco en la cocina. Muchos libros que acumulé durante años terminaron como laberintos de papel porque las hormigas habían construido sus fortalezas en la biblioteca y otros se utilizaron como papel higiénico para los peones.

Capítulo XXIV

Damaris

Las locuras de mis hijos tuvieron serias repercusiones en el capital de la familia y a pesar de que mi mente funcionaba mejor que antes, mi cuerpo ya no tenía la energía que se necesitaba para comenzar de nuevo. A partir de la primera cirugía, cuando el doctor Perdomo me sacó tres libras de grasa del estómago, más un tumor que era tan grande como el puño de mi mano, me di cuenta de que poco a poco mis tripas empezaban a desintegrarse. El doctor Perdomo pronosticó a mis hijos que me quedaban dos años de vida, pero se equivocó porque la agonía se prolongó más de lo que yo esperaba. Quizá fuese morboso de mi parte, pero el doctor Perdomo estaba en una situación peor que la mía. En menos de veinticuatro meses murió de cáncer en el hígado, aunque pienso que fue de una cirrosis porque cada vez que venía a verme a la casa su aliento apestaba a aguardiente Cristal de Caldas.

En el transcurso de pocos años, los tumores comenzaron a crecer en mi abdomen y en mi espalda; brotaban a un ritmo avasallador y eran más poderosos que mi instinto de supervivencia. Ya no podía ni oler un chicharrón, mucho menos tomar un chocolate con arepa de choclo; vomitaba casi todo lo que ingería, pero la peor lucha era tratar de controlar el dolor. Sentía que la pelea era contra un fantasma y no estaba acostumbrada a enfrentar a un enemigo que no daba la cara. Mis batallas se libraban frente a frente, pero yo desconocía ese maldito batallón de comejenes que me desbarataba la casa por dentro. Me veía tan frágil como esa tigrilla a la que le disparé por accidente en una cacería con Jesús.

Lo que sentía en mi corazón y en mi estómago era la combinación de un profundo dolor de mi alma y mi cuerpo. No sabía cuál era peor de los dos: mi pena o ese deseo incontrolable de acabar de una vez por todas porque no aguantaba el dolor físico. Creo que había soportado demasiado, sin una queja al mundo, ni una lágrima en un hombro ajeno. Pensaba que mi cáncer sólo era la suma de todos esos dolores que se habían ido acumulando a lo largo de mi vida. Me sentía como una enorme piedra de río que había estado siempre en el mismo lugar, pero el agua había hecho tantos túneles que sólo quedaba el cascarón de granito. En realidad había sufrido, pero no me veía como una víctima de la fatalidad; yo me había inventado a mí misma. Si alguna vez había querido mirarme al espejo, lo había hecho con dignidad y un poquito de vanidad. Me sentía orgullosa de lo que había construido con Jesús y por mi propia cuenta. Sin embargo, así como había sido el origen de una estirpe, sabía que al morirme también se terminaba la familia.

Yo había sembrado y cultivado café, plátano, árboles de guamo, naranjos, limones, guanábanos, cacao, estropajo y matas de ají, que me encantaba. Así mismo, había visto crecer el café borbón y el arábigo en mis cafetales y por años esos arbustos habían producido millones de pepas rojas. Había tenido centenares de aves de corral: gallinas, gallos, gallinetas, piscos, gansos, patos y pavos reales. No sé si mi obsesión con los huevos tenía que ver con el hecho de que cuando era niña no probaba sino en la cuaresma y cuando mi amiga Nera me daba. En mis haciendas, las perras tenían camadas de diez cachorros y las marranas no paraban de parir. Mis vacas siempre tuvieron leche en sus ubres y los terneros nunca dejaron de mamar. Los tamales, el sancocho, los fríjoles, el chicharrón y las arepas, las empanadas y los buñuelos no faltaron en mi mesa. Nadie se fue de mi casa con el estómago vacío. Siempre le dije a la sirvienta que preparara más comida de la cuenta porque cualquier persona que me visitaba no podía irse sin comer. Era una regla que debía obedecer la gente que trabajara para mí: era mejor que sobrara y no que faltara. Claro, yo había pasado hambre en mi niñez y entendía qué significaba visitar la casa de alguien pudiente e irse con el buche vacío.

De suerte había levantado a una familia y había hecho lo mejor para tener un hogar ideal. Había pagado mis impuestos y jamás le había quitado un peso a nadie. Yo había generado riqueza a mi alrededor, pero todo lo que había hecho con mis manos se había perdido. Probablemente esta enfermedad era el remedio para terminar con mi agonía. Pero si la muerte venía a buscarme, nos encontraríamos las dos: frente a frente. Las dos nos moriríamos juntas y si había resurrección las dos nos levantaríamos juntas, de la tumba para ver a Jesús y a mis otros seres queridos.

Por fin, el médico me recetó inyecciones de morfina. En efecto, la droga era únicamente un paliativo porque el cáncer no paraba de comer mis entrañas y como si fuera poco me torturaba cada segundo. Damaris, la enfermera, estaba día y noche a mi lado. La chica trajo un maletín y acomodó sus objetos personales en un armario que le asignó mi hija. Ella era de Circasia, pero vivía con su mamá en una pieza en el barrio Las Setenta Casas. La madre le cuidaba a su hija de un año. Su hermana Amanda también compartía la misma habitación. Amanda era maestra de escuela en Córdoba y sólo venía a ver a su familia los fines de semana. Desde hacía tres meses no recibía su sueldo porque el magisterio estaba en huelga, pero seguía enseñando porque tenía miedo de perder su puesto. La nenita de Damaris era la hija de un radiólogo del Hospital de Zona, donde ella laboraba, pero él estaba casado y era padre de gemelos. A pesar de que él no reconoció a la muchachita, le pasaba una mensualidad para evitar una demanda o un escándalo público.

Damaris tenía una figura encantadora y no dudo de que hasta el jefe del hospital se hubiera podido enamorar de ella. Sus ojos eran azules y cada vez que sus manos me tocaban los músculos sentía un gran alivio. Leonardo no le quitaba los ojos de encima ni ella tampoco a él. Leo empezó a visitar mi casa con más frecuencia, pero no era solamente para saber sobre mi estado de salud sino también para ver a Damaris. Me alegraba en mi interior que en medio de la gravedad de mi cuerpo hubiera espacio para el amor. Además, también tenía todo el tiempo del mundo para escuchar las novelas que me leía uno de mis nietos. Me apenaban los sufrimientos de *Siervo sin tierra* de Caballero Calderón, detestaba a la abuela de la *Cándida Eréndira* y me indignaba la inercia de la muchacha.

En cierto modo la historia no me asombraba porque yo conocí en Barcelona a una niña que vivía con su abuela, una mujer llamada doña Blanquita. La criatura se parecía a una actriz americana que bailaba y tenía unos crespos largos. Recuerdo que se llamaba Shirley Temple y su estampa aparecía en la cubierta de una caja de galletas que me envió mi hija Marta María cuando estuvo en los Estados Unidos. Doña Blanquita tenía una tienda que durante el día era un expendio de petróleo y carbón, y por las noches se convertía en un bar. Pues la abuela entretenía a sus clientes con su propia nieta, que tenía trece años. En la parte trasera de su casa tenía un cuarto donde encerraba a la niña y allí la obligaba a recibir a sus clientes, quienes primero se emborrachaban con cerveza Póker, que ella misma les vendía. Me lo contaron sus vecinos porque ellos escuchaban y veían todo a través de las guaduas que dividían los dos solares. Años más tarde, supe que a doña Blanquita la encontraron con un cuchillo en el estómago y dicen que la victimaria fue su propia nieta. Por otra parte, tampoco entendía cómo el coronel Buendía le daba maíz a su gallo mientras él y su mujer se morían de hambre; ¡qué pensión ni qué carajos!

Damaris, antes de graduarse de la facultad de enfermería en Manizales, había sido la secretaria de un dentista. De día estaba en el consultorio y por las noches estudiaba. Su letra era impecable y cuando yo no pude seguir escribiendo porque ni siquiera tenía fuerza en las manos, ella copiaba lo que yo le dictaba y luego lo repetía en voz alta.

El treinta y uno de diciembre de mil novecientos noventa, a las tres y veinticinco de la tarde, decidí que cerraría los ojos y no hablaría más. Este es el motivo de mi carta: Monseñor, quiero que lea con atención este paquete de notas que le envío por correo certificado. Ábralo en diez años, cuando ya no queden ni las cenizas de mi cuerpo, cuando ya yo no exista en la memoria de las personas que amé y que me quisieron. Usted puede corregir los errores de ortografía y si quiere modificar el capítulo donde aparece usted con las monjitas, porque no corresponde a una descripción verdadera de su personalidad, lo puede hacer. Es más, si piensa que a los lectores les gustaría tener en la mente la imagen de un monseñor de un metro con ochenta de alto y que en lugar de admirar a Napoleón adore a Alejandro el Grande, está bien que lo haga. No va a afectar el significado de los acontecimientos. Pero si considera que sor Juana le da más caché que san Juan de la Cruz, puede incluir a ambos para que los dos quedemos contentos.

Ahora bien: no vaya a recortar los párrafos que describen a mi yerno, por lo de la marihuana. No es elegante tratar estos asuntos y más cuando se trata de la misma familia. No exagero ni tampoco pinto a mi yerno de esa manera porque odie al personaje. Si necesita comprobar los datos, por favor pregúnteles a los que lo conocieron en Armenia o a sus compañeros del colegio Rufino. Ellos podrán relatarle momentos más horripilantes, por ejemplo, la manera como ese pipero y drogadicto martirizaba a mi hija.

Recuerdo que mi yerno había conseguido un trabajo como agente viajero de Mora Hermanos, una compañía que vendía a crédito máquinas de coser Singer. Marta María estaba a punto de dar a luz a su tercer hijo y él, tan irresponsable, se marchó a una de sus giras a Apartadó, Chigorodó y otros pueblos del Chocó. Se desapareció por tres meses y a mí me tocó lidiar con el parto. Cuando él regresó a casa de mi hija, ella lo recibió como si nada hubiera pasado. Nunca pude entender qué la atraía de aquel hombre. Sin duda era bien plantado y las mujeres no lo dejaban en paz. Pero no era trabajador ni tampoco inteligente. Le gritaba, no paraba de humillarla y sobre todo la zurraba. En mi casa jamás había visto semejante ejemplo de maltratos, pero ella se había acostumbrado a sus golpes. Se me pasó por la mente que a mi yerno se le había desajustado algún tornillo de la cabeza a causa de algún golpe durante una de sus borracheras de adolescencia. Pero me preocupaba más el hecho de saber que mi hija estaba peor del coco porque lo seguía queriendo. El hombre ese hasta se atrevió a mandarle a uno de sus mejores amigos para que la visitara mientras él estaba en una de sus famosas giras. Ella misma me lo contó y lo supo porque el tal compañero del esposo de Marta María se lo reveló a ella más tarde. ¡La pobre era tan ingenua!

Resulta que este joven la iba a ver con frecuencia y le llevaba pastelitos y empanadas de cambray. Él la consolaba y jugaba también con los niños. Llevaba a mis nietos al parque y les compraba helado. Con el tiempo, él comenzó a interesarse en serio en ella y le propuso que dejara al marido, que él se haría cargo de todos. Por supuesto, admitió que entre ellos dos habían planeado que sedujera a Marta María y así mi yerno se la podría quitar de encima porque él ya vivía con otra mujer. La idea había sido de mi yerno, pero su compinche se enamoró de mi hija. Si él tenía una o más mujeres, ¿por qué no se separaba de ella? Sólo un lunático peligroso había podido inventar y manipular semejante estratagema. Pero ella sólo veía por los ojos de aquel hombre que no la volteaba a mirar ni para darle la hora. Sólo se fijaba bien en sus piernas cuando quería ir a la cama con ella u observaba su cara con detalle cuando la convertía en el saco de boxeo que recibía sus puños.

Después de que ella, por fin, se separó de ese cernícalo y vino con los niños a vivir de nuevo conmigo, se sentaba con las piernas recogidas para evitar el frío de la madrugada, en una silla junto a mi cama. Era un rito que comenzaba a las cinco y media de la mañana: se levantaba, traía el tinto para ambas y hablaba sin parar de los sueños que había tenido la noche anterior. Ella me describía todos los lugares, las personas y las voces que había visto y escuchado en su sueño. Yo le interpretaba su narración y le decía que todas eran señales de buenos augurios. Si ella soñaba que se medía un anillo de brillantes, yo le contestaba que recibiría dinero de manera inesperada. Si veía a su hermano Fabio, le pedía que rezara porque él todavía estaba penando. Si ella misma era la protagonista de una conversación con las hermanitas de la Presentación y no tenía puesto su uniforme, le recordaba que les escribiera y que llamara a sus amigas del colegio. Era como un juego, porque Marta María también interpretaba mis sueños. Recuerdo que era uno de esos pocos momentos íntimos que teníamos las dos. Ella conversaba conmigo como si nunca antes nadie la hubiese escuchado. Chismeábamos y ella no paraba de hablar acerca de su exmarido. Él le había hecho tanto daño y no había podido decírmelo antes porque tenía miedo a mi reacción. En verdad, era como si no hubiera nacido para ser amada por un hombre. El amor no era para todo el mundo. Jesús decía que "el matrimonio y la mortaja del cielo bajan". ¡Ella estaba tan necesitada de afecto!

En cuanto al secuestro, yo cambié los verdaderos nombres de las personas implicadas, excepto el de mi hijo. Lo hice porque quiero respetar una promesa hecha al general Payares, que en paz descanse. Por ningún motivo revelaría todos los detalles del rescate. Varios de los implicados en el secuestro murieron el día en que dejé el maletín en la caneca de basura y otros todavía andan por las calles de Armenia. Uno de los detectives del operativo sufrió una herida en la pierna izquierda y quedó cojo. Por varios meses lo visité en el hospital y él me describió cómo era el sótano donde tuvieron a mi hijo. Los vecinos nunca se enteraron de que allí había una persona secuestrada. Algunos contaron que desde hacía un año vivían allí una señora con un niño y el marido. Por las noches había mucho movimiento en la casa, pero la Mona decía que su marido trabajaba en el matadero de la María y le tocaban los turnos de la madrugada. Las demás minucias de esta pesadilla son reserva del sumario.

Si tuviera que volver a vivir mi vida no cambiaría nada, excepto algunos tragos amargos: no dejaría que ningún hombre me golpeara como lo hizo Domingo, el desgraciado con quien me fui de la casa de mi tía cuando era una adolescente. Tampoco permitiría que abusaran de los pobres y los humillaran. No tendría hijos que hubiesen nacido para morir dentro del estómago o por enfermedades del corazón o sacrificados por las balas de la fatalidad. Me volvería a casar con Jesús, tendría los mismos hijos y otros cinco más. Si mi mamá y mi papá estuvieran vivos, los traería a vivir conmigo y les daría abuelos a mis hijos. No toleraría la infidelidad de mi marido. Lo caparía como a un toro si tuviera que pasar las de san Quintín por su culpa. Si tuviera que coser otra vez mi vestido verde esmeralda para usarlo sólo por una hora en mi vida para festejar el matrimonio de Rosario, mi hijastra, lo haría sin pensarlo dos veces. Lo guardaría para siempre entre bolas de naftalina. Y si tuviera que escribir de nuevo mis memorias lo haría de igual manera, porque quiero que conste por escrito la vida de una de las mujeres del siglo XX para que sirva de testimonio y lección a otros en similares circunstancias.

Quizás no sea ocioso, mi querido monseñor, que usted elabore más sobre mis momentos de felicidad. Yo fui dichosa cuando veía pastar la vaca de mi tía en los potreros de don José María Giraldo, me moría de emoción cuando me chupaba un huevo y Nera me contaba historias de su madre. Recuerdo las miradas felinas de Jesús en la posada de doña Nicasia, las pañoletas que me traía de Medellín y los aguacates que usaba para marcar su ropa. Jesús y yo pasamos la luna de miel en medio de las fieras y él me protegió en sus brazos como un cazador. Me hizo sentir querida y odiada. Nunca pude aceptar en mi interior la infidelidad de Jesús. Él sólo me daba excusas sin sentido para ver si yo toleraba lo que para otras mujeres era como tomarse un vaso de leche avinagrada y no indigestarse. No sé de dónde Rosario sacó la fórmula de la fertilidad ni mucho menos cómo llegó el vino blanco a mis manos para preparar la bebida. Creo que el cura de Barcelona me dio un poquito del que tenía sin consagrar. Aunque quedé sin una gota de sangre después de parir a mi primer muchacho, sentí que era la mujer más dichosa de las montañas cuando pude tener a Dionisio en mi regazo. Fui feliz cuando Jesús arrulló a Dionisio y le dio un besito para calmar su fiebre.

El tinto en la madrugada, el sancocho con ají y cilantro al mediodía, los fríjoles con garra por la tarde, la mazamorra con panela raspada o migas de arepa en una taza de leche fueron algunos de mis manjares favoritos. Les di de comer y beber a los indios de las montañas, a los negros del valle y la costa, a los campesinos que ocuparon mis tierras, a los huérfanos y a las mujeres abandonadas. En Navidad les llevé lechona, natilla y buñuelos a los presos de las cárceles. No puedo negar que fui vengativa, autoritaria, casi inflexible con mis propios errores y los defectos de los demás. Odié como cualquier otro ser humano, pero amé con intensidad a mis seres queridos.

Los curas, las monjas, los ministros protestantes, los abogados, los médicos y mis hijos me sacaron plata. Pero a cambio tuve otras compensaciones: el doctor Orozco, mi médico de cabecera; míster Bremer, el topógrafo judío-alemán, y usted, apreciado monseñor, me prestaron los primeros libros que yo, Clara, leí en la vida. La última vez que vi al doctor Hernando Orozco fue mucho antes de que yo supiera de mi enfermedad. Lo visité en Medellín. Hacía bastante tiempo que se había separado de su mujer. Sus hijos se habían casado y vivía en compañía de un perro y una señora mayor que se encargaba de limpiar, hacer las compras y darle sus medicinas. Le llevé de regalo unas sábanas blancas, bordadas con sus iniciales. No sé si las usó porque murió pocos meses después de mi visita. Esa tarde, cuando llegué y toqué la puerta, él estaba esperándome de pie, sostenido del brazo de su empleada. Estaba tan limpio como listo para entrar en el quirófano. Nunca había notado que él tartamudeaba, pero con la vejez su lengua se había hecho tan pesada como una plancha de carbón. Me reconoció, pero me preguntó cómo estaba Jesús.

—Él se murió hace muchos años –le contesté en voz alta para que me escuchara–. Se murió de un infarto.

—¿Cómo sigue Oooo…? —se demoró tanto articulando la letra inicial del nombre de mi hijo, que tuve que terminar la palabra Octavio.

—También se murió del corazón –contuve un suspiro en mi garganta y no lo volví a ver después de aquel doloroso encuentro.

Siempre me pregunté qué hacía un galeno de su calibre en estas montañas. Jesús lo había mandado llamar a la casa porque no confiaba en las comadronas de la región. Virtudes, su primera esposa, lo había pasado muy mal con las mujeres de la hacienda que le habían ayudado a tener los primeros hijos. Él me había dicho que en el parto de Rosario, Virtudes había tenido bastantes hemorragias, de las que jamás se pudo recuperar del todo. Jesús achacaba también el origen de la locura de su esposa a los descuidos de las comadronas. Por ello él había traído al doctor Orozco de Medellín y lo convenció para que se quedara en las nuevas tierras. Además el doctor se había enamorado de una de las mujeres más hermosas de Calarcá y Jesús había sido el padrino de la boda. En verdad, no creo que el doctor Orozco hubiera llegado a estos parajes buscando fortuna con su profesión. Si había conocido a un médico honesto en mi vida, él había sido el ejemplo de rectitud y sabiduría. Muchos años después, luego de la separación de su mujer, regresó a Medellín.

Pues bien, Dionisio me introdujo al mundo de la música y junto a él escuché *Madame Butterfly*, *Mi viejo San Juan* y *Oropel*. Leonardo había heredado la laboriosidad de su padre y su temperamento volátil. Pero en él se había quedado el apego por lo terrenal, incluyendo a sus hembras. No quiso estudiar pero se dedicó a las faenas del campo, y junto con Fabio me ayudaron un poco a administrar las tierras. Octavio, el mellizo, fue como la infancia que yo no tuve, y Fabio, la mente que alimenté con las lecturas de mis novelas.

Yo gocé las tardes en que vi a mis nietos jugar con globos de colores y a los cachorros llenos de pulgas. No me gustaba que durmieran con ellos porque largaban pelo por todos los rincones. Me encantaba verlos correr con la marrana que les compré, que terminó durmiendo en la cama con ellos. *Chachita*, la cerdita, tenía unas pestañas largas y se quedaba dormida cuando mis nietos le rascaban el lomo. Me la tuve que llevar a Los Álamos, la primera tierra que compré, porque se engordó tanto que ya me estaba destruyendo los pisos de parqué en la quinta de la avenida. No obstante, llevaba a mis nietos a la finca para que la vieran en su nueva cochera junto a su marido.

En cuanto a Dionisio, no quiero lastimarlo si aún está vivo. Yo sé que se lamentaría al escuchar mi voz y me acusaría de ser la naturaleza que lo abortó. Dígale que lo quise mucho porque nunca se lo dije, que sufrí más de lo que él se imagina y que siempre estuve muy orgullosa de él y sus canciones. También lo perdoné por su resentimiento, su odio infantil en mi contra, sus gritos y amenazas porque no le daba lo que él siempre deseaba. Cuéntele que fui una madre como cualquier otra. Tuve tantos defectos como virtudes. Por favor, envíele unos centavos con lo que se gane por la publicación de estas memorias.

Thank you for acquiring

MI VESTIDO VERDE ESMERALDA

from the
Stockcero collection of Spanish and Latin American significant books of the past and present.

This book is one of a large and ever-expanding list of titles Stockcero regards as classics of Spanish and Latin American literature, history, economics, and cultural studies. A series of important books are being brought back into print with modern readers and students in mind, and thus including updated footnotes, prefaces, and bibliographies.

We invite you to look for more complete information on our website, **www.stockcero.com**, where you can view a list of titles currently available, as well as those in preparation. On this website, you may register to receive desk copies, view additional information about the books, and suggest titles you would like to see brought back into print. We are most eager to receive these suggestions, and if possible, to discuss them with you. Any comments you wish to make about Stockcero books would be most helpful.

The Stockcero website will also provide access to an increasing number of links to critical articles, libraries, databanks, bibliographies and other materials relating to the texts we are publishing.

By registering on our website, you will allow us to inform you of services and connections that will enhance your reading and teaching of an expanding list of important books.

You may additionally help us improve the way we serve your needs by registering your purchase at:
http://www.stockcero.com/bookregister.htm

Printed in the United States
90315LV00006B/86/A